Ord och inga visor

Thomas Herrgård

Ord och inga visor

**En samling tragikomiska pjäser om kärlek,
drömmar och brustna illusioner**

© 2019 Thomas Herrgård

Förlag: BoD – Books on Demand, Stockholm, Sverige

Tryck: BoD – Books on Demand, Norderstedt, Tyskland

ISBN: 978-91-7699-410-8

Innehåll

God jul för helvete – En tragikomisk historia omkring jultid   7

Roger – En telefonmonolog   33

Harry´s bar – "A kiss to build a dream on"   37

Indiansommar – En historia i fyra delar om ett mord   119

Alla pjäserna är uruppförda på Bergslagsteatern i Avesta mellan åren 1996/97 (God jul för helvete, Roger och Harry´s bar) och 2016 (Indiansommar). Gemensamt för alla pjäserna är att de spelades med en stor närhet till publiken, ett val vi gjorde för att framhäva äktheten och närvaron hos skådespelarna. Musiken har också varit viktig för alla föreställningarna. Bl.a. Jazzen i "Harry´s bar", Merry x-mas war is over i "God jul för helvete" eller inledande musikpartier till de olika delarna i "Indiansommar" (bl.a. Adele-When we were young och Tom Waits-Walk away). Under 2019 har de alla genomgått en uppdatering och mer eller mindre bearbetats av mig på nytt.

För eventuella uppföranderätter hänvisar jag till ATRs förlag.

Thomas Herrgård

Avesta 2019

God jul för helvete

en tragikomisk historia omkring jultid

Av:
Thomas Herrgård

ROLLER:

Ingemar – En av sönerna

Martin – En av sönerna, hemkommen från ett behand-lingshem.

Pappa

Mamma

Ingrid – En faster på besök.

Grannen

MILJÖ:

*Vardagsrummet i ett vanligt medelsvenskt hem på julafto-
nen. Det finns en gran, en teve, glas att hälla upp drinkar
i och det sedvanliga vardagsrums-möblemanget. Åt ena
hållet leder en dörr ut mot ytterdörren och åt andra hållet
en dörr ännu längre in i hemmet såsom kök och andra
rum.*

*Pappan och Ingemar är ensamma i rummet. Pappan går
runt och röker och dricker glögg ur en kopp som han hela
tiden fyller på från en glöggkanna. Ingemar följer honom
tyst med blicken.*

Pappa – Ingemar, har du något nyårslöfte i år? (*ser på
cigaretten*) … jag ska i alla fall lova att sluta röka. Ja, så
får det bli…

Ingemar – Idiot…

Pappa – Va!

Ingemar – Idiot sa jag. Det gjorde du förra året också.

Pappa – Vadå?

Ingemar – Du lovade att du skulle sluta röka, men du
röker ju fortfarande.

Pappa – Ja. Fast bara när inte mamma ser på.

Ingemar – Du håller ju aldrig vad du lovar, då är det
inget löfte, då är det bara skitsnack.

Pappa – Ja, ja... (*Skrattar till*) Fast man måste ju ha något att lova nästa år också.

Ingemar – Du kan lova att lobotomera dig.

Pappa – Lobotomera mig?

Ingemar – Så slipper man höra mer av ditt skitsnack.

Pappa – Ska du börja med det där i år igen. Du ska ha för skitsnack du. Jag har önskat mig snälla barn varenda jul, men har man fått det? Snälla barn och en glad och trevlig jul. Har jag det va? Er har jag fått dras med och det är väl mer som ett straff det...

Ingemar – Nä, och jag fattar inte ens vad jag gör här.

Pappa – Firar jul, upplysningsvis. Gran, julmat, familjen, teven... Äh skit i det där nu Ingemar. Skål, drick nu ur den där glöggen, för inte tror du väl att du har fått det för att du ska värma händerna.

Ingemar – Det var väl tillräckligt svårt för dig att bjuda.

Pappa – Vad menar du?

Ingemar – Ge bort all den här goda glöggen menar jag, eller du har kanske köpt tillräckligt i år, så att det räcker till både dig och oss andra här... Vad fan håller hon på med där inne?... (*Ser bort emot en av dörrarna som om han väntar sig att någon ska komma ut där*)

Pappa – Faster Ingrid kommer i år också.

9

Ingemar – Fy fan, har inte hon dött än.

Pappa – Inget sånt prat i mitt hus… Hon har ingen ann-
anstans att ta vägen.

Ingemar – Hon kan väl sitta kvar på hemmet, där har de
betalt för att höra hennes grymtande. Här gör hon i alla
fall ingen nytta. Pustar och frustar i den där stolen som
om hon skulle dö vilken sekund som helst.

Pappa – Nu är det så det är. Vi måste ta hand om våra
kära,… (*Ingemar skrattar*)
Tänk på din bror, var skulle han vara om han inte fick fira
julen med oss.

Ingemar – Det enda felet med honom är att han inte har
fått ligga med någon, det kan väl till och med du räkna ut.
Du kan ju passa på och se till så att Martin knullar faster
Ingrid innan hon åker tillbaks till hemmet så kommer han
garanterat att bli frisk till i morgon.

Pappa – Sluta prata sån skit.

Ingemar – Hon kommer ändå inte märka något, hon lig-
ger ju bara där och hosta och harklar sig. Jag slår vad om
att hon till och med har somnat innan maten…

Pappa – Lägg av nu.

Ingemar – …Hon är så fet att hon inte skulle märka om
någon drog av henne brallorna.

Pappa – Fy fan vad du äcklar mig ibland.

Ingemar – Säg nu vad du tänker, att det kanske borde vara jag som satt på dårhus, det är väl så du vill ha det. Jävligt passande för ditt dysfunktionella lilla paradis, så kan du sitta här själv och hälla i dig din jävla glögg år efter år.

Pappa – Det är inget dårhus och det vet du mycket väl.

Ingemar – Behandlingshem, va! För vadå? Hans sjuka hjärna. Du kanske skulle vilja ha mig inspärrad där också, lobotomerad eller nåt.

Pappa – Lobotomerad! Man lobotomerar ingen numera.

Ingemar – Faster Ingrid verkar vara det, eller det kanske var länge sedan.

Pappa – Nej, hon är inte lobotomerad, hon är lite konstig bara, och jag tycker synd om henne på något vis.

Ingemar – Så det är därför du bjuder hit henne varenda jul, så att alla får lida. Då mår du bra va!

Det ringer på dörren.

Pappa – Vad var det? Ringde det på dörren?… Då är hon här nu.

Pappan släcker cigaretten i en askkopp som han i hastigheten lägger ifrån sig i en fåtölj för att i sista stund rätta till något i granens utsmyckning.

Ingemar – Akta granen för fan, jävla fyllo.

Pappa – (*Ropar utåt*) Mamma. Hon är här nu.

Ingemar – Hon heter väl inte mamma för fan.

Pappa – Nej.

Ingemar – Du gifte dig väl inte med nån som heter mamma, du får oss att låta som småbarn. Kallar du henne mamma en gång till så slår jag dig på käften.

Pappa – Du är ju vrickad.

Ingemar – Ja visst är jag. Jag är så vrickad så, jag kan flippa ur när som helst, kanske sticka en kniv i både dig, mamma och faster Ingrid, sen kan brorsan få knulla henne, hör du. Han kan få sätta på den där feta kärringen mitt framför era döda ögon.

Pappa – Fy fan… (*Faster Ingrid hostar*) Nej men hej faster Ingrid. Vad du ser pigg ut idag då. Ska hon ha lite glögg att värma sig med.

Ingemar – Hon känner för fan inte smaken, ge henne vatten.

Pappa – Om inte du håller käften klipper jag till dig.

Mamman kommer in.

Mamma – Men, faster Ingrid, har du kommit.

Ingrid – (*Ser sig omkring*) Var är Martin, är han inte hemma än?

Mamma – Jo det är han, han ligger uppe och vilar sig lite bara

Ingrid sätter sig tungt ned i fåtöljen på askkoppen utan att märka något.

Ingrid – Jaha.

Mamma – Han har haft en lång resa från sjukhuset

Ingemar – Han är sjuk i huvudet.

Pappa – Håll käften, sa jag. Skulle det smaka med lite glögg före Kalle anka?

Ingemar – Ska vi se på den där jävla skiten i år igen.

Mamma – Det gör vi ju alltid, eller hur. Vi brukar väl alltid se på Kalle anka.

Ingrid – Ja, det gör vi.

Pappa – Vill du ha lite glögg då?

Ingrid – Va! Du pratar så tyst så man kan inte höra.

Pappa – Lite glögg…

Ingrid – Det har du alltid gjort, går omkring och viskar som om det är några hemligheter du håller på med.

Ingemar – (*Skriker*) Glögg, för helvete.

Ingrid – Ja, tack.

Ingemar – (*Börjar gå ut emot köket men knackar pappan i bröstet på vägen*) Du har aldrig riktigt fattat.

Pappa – Vadå?

Ingemar – Ingenting för fan.

Mamma – Vart ska du gå?

Ingemar – Jag ska ta en macka.

Mamma – Nu! Vi ska ju äta sen.

Ingemar – Jag är hungrig.

Mamma – Då orkar du inget när vi väl ska äta sen.

Ingemar – Jag är hungrig nu för fan, får man inte ta en macka i det här huset.

Pappa – Välj dina ord, vi har gäster…

Ingrid tar upp och tänder på en stor cigarr.

Mamma – Jaha, så är det alltid, här står man och lagar hela dagen, så är det ingen som äter sen.

Pappa – Ser du, nu har du gjort mamma ledsen också.

Ingrid – Det var länge sedan vi hade en sådan vinter.

Mamma – Ja, det har varit väldigt kallt i år.

Ingemar är på väg att tända en cigarett.

Pappa – Du får gå ut och röka.

Ingemar – Det är ju skitkallt ute.

Pappa – Du vet väl att mamma tycker det luktar så illa.

Ingemar – Jag får inte ta en macka, jag får inte röka, men den där kärringen, hon sitter där och röker hon, då går det bra.

Pappa – Hon kan inte ta sig ut, det vet du väl.

Ingemar – Hon är så jävla fet, det är det enda. Hon får skylla sig själv. Kan hon inte ta sig ut får hon väl ge fan i att röka.
(*Ingrid tar ett bloss på cigarren så att askan ramlar ned i fåtöljen*)
… Kan inte nån ta ut den där äckliga kärringen, hon stinker ju.

Mamma – Sluta! Hon kan ju höra dig.

Ingemar – Äh, hon hör väl ingenting.

Pappa – Hon har ju varit här varenda jul.

Ingemar – Slå in henne i plast då, sätt henne i bokhyllan om hon är så jävla värdefull för dig. Lägg henne i sprit förresten så hon slutar lukta…

Martin kommer in.

Ingrid – Är det Martin?

Mamma – Hälsa på Ingrid Martin.

Martin – Jag tror på satanismen…

Ingemar – Nu har han glömt att ta sina piller.

Ingrid – Vad stor du har blivit.

Ingemar – Martin har blivit homofil.

Pappa – Det har han väl inte.

Ingemar – Nej men det hade väl varit nåt det, sista spiken i din lilla skentillvaro.

Ingrid – Ja, jag säger det, du har verkligen vuxit.

Ingemar – Där ser du, hon fattar ingenting, fullständig idiot. De har tagit ut hjärnan på henne på det där hemmet och ersatt det med ett jäkla kålhuvud.

Martin – Jag känner mig lite trött.

Pappa – Då tar jag mig en grogg.

Mamma – Kan du inte vänta lite.

Pappa – Ska vi inte fira jul nu då? Martin, ska du ha något att dricka?

Martin – Jag känner mig lite trött.

Pappa – Det finns lite glögg om du vill ha.

Martin – Jag vet inte hur det hade gått om inte Hitler hade dött.

Mamma – Det vet inte pappa heller, vill du ha lite glögg Martin?

Ingemar – Han borde nog inte dricka något.

Pappa – Du då Ingemar, vill du ha en grogg.

Ingemar – Ja.

Pappa – Cola eller apelsin?

Ingemar – Grape.

Mamma – Du får välja mellan det vi har.

Ingemar – Alltid så jävla konventionell.

Ingrid – När börjar Kalle anka?

Mamma – Tre.

Pappa – Cola eller apelsin?

Ingrid – Kalle anka?

Ingemar – Håll käften! Apelsin.

Mamman visar tre fingrar för Ingrid.

Ingrid – (*Till Martin*) Du har verkligen blivit stor, snart har du vuxit om mamma.

Ingemar – Hon heter för fan inte mamma... hon heter...

Martin – Kalle anka.... (*Bryter ut i ett hysteriskt skratt anfall*)

Mamma – (*Börjar också skratta och de skrattar båda en lång stund*) ... Kalle anka... Det är tur att du fortfarande kan få mig att skratta, Martin. (*Pappan börjar leta efter fjärrkontrollen till teven*) (*Till pappan*) ...Hörde du. Det är tur att någon fortfarande kan få mig att skratta i det här huset, annars vore man väl död för länge sedan.

Ingrid – Ett gott skratt förlänger livet.

Mamma – Ja, jag säger ju det.

Martin fnissar förläget.

Pappa – Var är den någonstans?

Mamma – Vadå?

Pappa – Dosan!... Dosan till teven, jag kan inte hitta den.

Ingemar – Skulle man inte få någon grogg nu då?

Pappa – Jag måste hitta den där jävla dosan först, sakerna ska ligga på sin plats, (*till mamman*) har du lagt den någonstans?

Mamma – Vi ska väl inte se på teve nu.

Ingrid – Var sak på sin plats.

Pappa – (*Tyst som till sig själv*) Håll käften!

Mamman håller ett finger för munnen

18

Mamma – Nu finns det väl inget att se på teve.

Pappa – Jo det gör det.

Mamma – Vadå?

Pappa – Det är ju Arne Weise!

Martin – Arne Weise.

Ingemar – Och grogg.

Martin – Grogg.

Ingemar – Apelsin.

Martin – Apelsin.

Ingemar – Ge den där jäveln nåt hjärndödande innan jag klappar till han.

Martin – Ge den där jäveln nåt hjärndödande… (*Ingemar kniper tag om käken på Martin och pressar honom bakåt i stolen, Martin tystnar och Ingemar släpper taget*) … Innan jag klappar till han…

En stunds tystnad i rummet och Ingemar går upprört ut.

Pappa – (*Till Martin*) Varför håller du på så här?

Martin – (*Härmar pappans uttryck*) Varför håller du på så här?

Mamma – Låt honom vara, han har haft en jobbig resa hem. Det blir nog bra bara han får komma till ro här hemma. (*Till* Martin) Har du tagit dina mediciner Martin?

Pappa – (*Sätter sig ned med en suck*) Jag blir så nervös… (*irriterat*) … Och inte kan jag hitta den där dosan heller. Du sitter väl inte på den Ingrid?

Ingrid – Va!

Pappa – (*Högre och tydligare*) Ingrid sitter väl inte på dosan?

Ingrid – Äsch! Jag hör vad ni säger, jag hör, (*paus*) …vad jag vill höra, men det är ju så mycket annat strunt här så…

Mamma – Sitter Ingrid bekvämt i stolen?

Ingrid – Ni tror att jag inte hör något av vad ni säger, att jag är döv. Men då är ni allt ute och cyklar ni.

Pappa – (*Högt och* tydligt) Det är inget som skaver Ingrid under rumpan eller så?

Ingrid – Äh, jag sitter så bra här så, inte fattas det mig nåt, annat än Kalle anka då.

Pappa – Ja, ja…

Ingrid – När börjar förresten Kalle anka?

Mamma – (*Mycket högt*) SNART.

Pappa – Det känns som man väntat ett helt år på att det ska börja.

Mamma – Var lite allvarlig.

Pappan går ut.

Ingrid – Vart tog han vägen?... (*Mamman och Martin ser på henne*) ...Martin?

Mamma – Nej, Martin är här, Ingrid.

Ingrid – Han hade vuxit i alla fall.

Mamma – Ja...

Pappan kommer tillbaka.

Pappa – Så var det grogg då.

Ingrid – Väldigt vad stor han hade blivit.

Pappa – (*Till mamman*) Vad pratar hon om? (*Mamman rycker på axlarna*) ... Glögg till Ingrid... den är redan kall så hon behöver inte vara rädd för att bränna sig... Martin?...

Mamma – Han skulle väl inte...

Ingrid smakar på glöggen.

Pappa – Äsch, det kanske piggar upp honom, vad vet jag? Cola eller apelsin?

Martin – Skit detsamma.

Ingrid – Den är ju kall, glöggen. (*Pappan nickar*)

Ingemar kommer in påklädd.

Mamma – Ska du gå någonstans?

Ingemar – Jag tror faktiskt jag ska ta och gå ut och skjuta lite fattiga, så de slipper lida. Det brukar ju vara så trevligt, nu när det är jul och allt.

Martin – Ja, ja.

Pappa – Ska du gå ut?

Ingemar – Syns inte det.

Mamma – Vi ska ju snart äta.

Ingemar – Oroa dig inte för mig, de säljer hamburgare här nere på hörnet.

Pappa – Nu gör du mamma väldigt ledsen, vet du det. Du gör mamma väldigt, väldigt ledsen.

Ingemar – Dra åt helvete.

Ingrid – (*Till Martin*) Har Martin det roligt på det där stället...

Ingemar – Dårhus.

Mamma – Det är ju julmat.

Pappa – Julmat Ingemar, Julmat...

Mamma – Korv, skinka, köttbullar, sill, allt sånt man känner till…

Pappa – Nubbe…

Ingrid – Glöggen är kall…

Mamma – Kalle anka börjar snart…

Ingrid – Glöggen är kall… Den borde vara varm…

Ingemar – Håll käften!

Ingrid – Nästan het… Men den är kall, alldeles kall. (*paus*) Hur har han det nuförtiden… Martin. (*Får ett hostanfall*)

Ingemar – (*Går fram till Ingrid*) Kan du hålla käften. (*Går fram till pappan*)Är Martin något av en älsklingsson här, är det så. Han som sitter på dårhus. (*Vänder sig till mamman*) Är det honom du älskar mest av oss två.

Pappa – Det är inget dårhus…

Ingemar – (*Tar en flaska med sprit som pappan håller i och dricker direkt ur flaskan*) Varför pratar ni hela tiden om Martin, varför frågar ingen mig vad jag har gjort? Är jag så jävla ointressant…

Ingrid – Hur går det med flickvännen då Ingemar.

Mamma – De har gjort slut. Han är lite ledsen för det skulle jag tro.

Ingrid – Så bra då...

Martin – Lite ledsen...

Ingemar – (*Går fram till Ingrid*) Så är det. Jag har inte fått ligga med någon än, jag kanske gör det med dig senare ikväll...

Pappa – Tyst.

Ingemar – Hon hör inget ser du väl, snart somnar hon och sover tills att färdtjänsten går hem.

Mamma – Vad är det med dig Ingemar?

Ingemar – Vad det är... vad det är... Ni lyssnar inte på mig, det är vad det är. Ni intresserar er inte, ni vill inte veta...

Martin – Vill inte veta...

Ingemar – Håll käften!

Martin – Håll käften...

Mamma – Vad vill vi inte veta?

Ingemar – Ingenting, hur det går för mig, vad jag gör...

Pappa – Hur har du det på jobbet Ingemar?

Ingemar – Jag ska sluta.

Pappa – Har du fått sparken?

Ingemar – Nej.

Pappa – Men inte kan du sluta på jobbet, Ingemar, sånt gör man inte, inte slutar man på jobbet inte… Sådär utan vidare… (*Skrattar till*) Du skojar?…

Ingemar – Nej. (*Dricker igen ur flaskan*)

Pappa – Du trivs ju där,… vad ska du göra istället?

Ingemar – Bli arbetslös, göra som dig, supa ihjäl mig. (*Dricker igen*) Skjuta mig kanske, spricka sönder som en övermogen tomat, av leda…

Pappa – (*Nervöst*) … Om vi inte hittar dosan så missar vi ju Arne Weise. (*knäpper på teven, ingen bild*) Vad var det jag sa… (*Skruvar otåligt på alla knapparna och slår till slut till teven med handen ett par gånger.*) …Vad var det jag sa… nu har han gått sönder det jävla aset… vad var det jag sa… Det blir ingen Kalle Anka…

Ingemar – (*Tar fram en pistol han haft i fickan*) Jag skjuter ihjäl mig!

Martin – Som Hitler… som Hitler… som Hitler…

Pappa – Tyst!… Om du ska skjuta ihjäl dig… får du i alla fall gå ut härifrån.

Mamma – Ingemar, snälla, Ingemar…

Ingemar – Jasså! Nu blev det jobbigt. Eller ni kanske inte vill att jag kladdar ned möblemanget. Förfärligt, självmord redan före Kalle anka, förfärligt…

Mamma – Var har du fått tag på en pistol! är den laddad?

Ingemar – (*Skrattar*) Laddad... det får du väl se.

Pappa – Du gör inget så jävla dumt.

Ingemar – Dumt? Enkelt menar du väl. Ett enkelt litet tryck på avtryckaren. Hjärnan sprutar ut över tapeterna och tavlorna här,... min sjuka hjärna, som en fontän, ut över folkhemmet och era döda ögon får liv igen. En stund. Ni kanske aldrig kommer att fatta, men någon gör det säkert någon gång. Fattar att ett litet jävla skitliv gått till spillo.

Mamma – Varför kan vi aldrig fira jul som vanliga människor.

Ingemar – Vadå för vanliga människor, som pingstvännerna här intill, eller sjunga julsånger och se på bingolottokväll och äta dopp i grytan tills präktigheten lyser röd i era feta ansikten.

Ingrid – Kan inte nån sätta på den där teven nån gång

Ingemar – (*Till mamman*) Fattar du inte att du lever i en förtäckt värld. En jävla B-familj. Du tror att det här är nån jävla julkrubba, men vad du inte har fattat är att vi bara är fåren och åsnorna, kanske inte ens det.

Pappa – (*Lägger armarna om mammans axlar*) Lyssna inte på honom.

Ingemar – Kanske bara lopporna i pälsen. En som är sinnessjuk, en som inte kommer att stå på benen längre än till klockan sex och en som är... (*Ser på Ingrid*) ...Ja, jag vet inte vad man ska kalla det. Vilka är kvar, du och jag. Vad ska vi göra då, du kanske får ont i huvudet och går och lägger dig... Ovanligt...

Martin – (*Räcker fram sitt glas emot pappan*) Jag skulle vilja ha lite till.

Ingemar – Vad är det som har hänt, han pratar, han har kommit till liv igen. (*Till Martin*) Du pratar, du har börjat leva, vi måste fira... (*Skrattar*) ...Vill ha lite till... (*Häller sprit i Martins mun direkt ur flaskan. Klappar honom på kinden*) ...Hur känns det... va... Du borde inte vara så där sinnessjuk Martin, du borde leva ut, träffa kvinnor, gå på dans...

Martin – Ingrid har somnat.

Ingemar – (*Ser på Ingrid*) Hon kanske har dött.

Pappa – (*Går fram och ruskar på Ingrid*) Ingrid... har du somnat?...

Ingrid – Va!...

Pappa – Hon lever.

Ingemar – Får jag se på ögonen Martin... (*Spärrar upp hans ögon med fingrarna*) Det var det jag sa, drogerna har slutat verka...

Martin – (*Slår iväg Ingemar*) Ge fan i mig ditt jävla svin. Vad är det som får dig att tro att du är så jävla normal. Det kanske är dig som det är fel på, du som är onormal, som inte har några vettiga tankar utan bara är en glän-

27

sande yta med fint jobb och allt. Som bara pratar skit om alla hela tiden, om att sluta jobbet och göra dumma saker. (*Pekar på sitt eget huvud*) Det kanske är här inne verkligheten finns, eller i faster Ingrid och det är du som faktiskt borde vara på dårhus.

Ingemar – Var fan kom det ifrån

Martin – Det är du som förpestar den här julen varenda jävla år och det modigaste du skulle kunna göra vore att skjuta dig, så ta och gör det för fan.

Ingemar – Om jag kunde så.

Martin – Du har ändå inte gjort annat än spytt sarkasmer över oss sen du kom.

Ingemar – Om jag kunde.

Martin – Vi har ändå försökt bedriva en sorts liv här, familjeliv, gemenskap.

Ingemar – (*Sjunker ihop*) Jag kan för fan inte skjuta mig, det är ingen riktig pistol, det är bara en attrapp.

Mamma – (*Tar av honom pistolen*) …Den ser väldigt äkta ut.

Ingemar – Jag försökte ta livet av en katt en gång, tror jag ville bevisa något, men jag klarade inte av det. Jag höll handen över huvudet på den så här, (*visar*) …men det gick inte, jag fick släppa den igen…

Mamma – Precis alldeles äkta. (*Ger den till pappan*)

Ingemar – Jag vill också vara något, något extra, något som folk talar om… Till och med någon på dårhus…

Det ringer på dörren.

Pappa – Undrar just vem det kan vara…. Tomten…

Pappan går och öppnar, tystnad, mamman går fram till Ingemar som sitter på golvet och lägger armarna om honom. Grannen, en kvinna, stiger in i rummet tillsammans med pappan.

Grannen – Hejsan, hejsan. God jul i stugan. Vad ni ser ledsna ut, har det hänt något?

Pappa – Teven har gått sönder.

Grannen – Jaha. Jag tyckte det var så lustigt bara, att när du öppnade så stod du med en pistol i handen, precis som om du höll gisslan eller nåt och jag hoppade till och trodde att du skulle skjuta på mig då. Men du trodde förstås att det var tomten…

Pappa – Det är bara en låtsaspistol.

Grannen – Jaha ja, men den ser väldigt mycket ut som en riktig pistol, ja det är förstås meningen, som rekvisita i en film och så, ja, jag tog med en liten blomma, ja det är bara en julstjärna men som en liten julklapp då, till familjen. Och här har vi lilla Martin då, du ser mycket piggare ut än då vi sist sågs…

Martin – Tack.

Grannen – Ja, ni kan få komma in till mig om ni vill se på teve, ja, jag sitter ändå ensam därinne hela julen…

Mamma – Vi tänkte precis sätta oss och äta…

Grannen – Det blir inte så mycket annat… än att se på teve menar jag, den är som ett sällskap liksom, när man inte har någon annan.

Pappa – (*Ger grannen pistolen*) Här… Ta den här, som tack för blomman,… du kan behålla den, vi behöver den inte längre… (*Ger mamman blomman*)

Grannen – Åh, tack. Det var vänligt,… men om ni vill se nåt på teve så är det bara att komma in, ni vet ju var jag bor, ja, tills er egen har blivit reparerad…

Grannen går ut

Mamma – Tack… (*En stunds tystnad. Känner på bladen på blomman, den ser ut att sloka lite. Ställer ned blomman på bordet. Går ut för att hämta vatten.*)
Vi borde kanske gå och sätta oss innan allt har hunnit kallna.

Pappa – Nu sätter vi oss och äter så ser vi på Kalle Anka sen. Jag häller upp varsin nubbe åt oss… så ska jag nog… ta en cigarett, du bjuder mig väl på en cigarett Ingemar. Det skulle vara gott, men det blir nog den sista, sen ska jag ju sluta var det sagt.

Mamman kommer tillbaka med en vattenkanna och vattnar blomman. Ingemar tar fram fjärrkontrollen till teven och knäpper på. En välbekant Julsång hörs – "So this is christmas, war is over". Pappan och mamman ser på

varandra en stund omfamnar varandra och dansar sedan
stilla i tevens sken medan ljuset sakta går ned.

Martin – (*Till Ingemar*) … God jul då… För helvete…

Roger

En telefonmonolog

Av:

Thomas Herrgård

En person, Roger, sitter uttryckslös mitt på scenen.
Bakom ligger hans sönderslagna hustru, till synes livlös.
En röst i telefon. Bedrägligt lugn, med ett psykologiskt
övertag på gränsen till sarkastisk.

(*Tyst, nästan viskande*)

... Roger... det är jag igen... Roger...
Du kommer väl ihåg mig, för du vet... jag glömmer
Inte ett ansikte... eller en röst Roger...
Roger, är du där?
Ja, det är ingen idé att spåra samtalet.
Du förstår, jag ringer från en telefonautomat.
Du kommer aldrig att få reda på var jag är Roger.
Det är inte ens lönt att försöka.
Men jag vet, Roger. Jag vet mer än du kan föreställa dig.

(*Nytt samtal*)

Roger... Känner du igen rösten?... Roger...
Det vet jag att du gör. Det är ju jag.
Jag såg dig igår igen.
Du gör sådana konstiga saker ibland Roger.

Du knäppte upp jackan Roger... och kavlade upp ärmarna...
Så där som du brukar. Ja, du är inte osynlig Roger...
Tänk att du gör så där ibland, som om det inte är något du tänker på.
Kavlar upp ärmarna på jackan.
Förresten, hur mår barnen... Roger, hur mår barnen?...

(*Nytt samtal*)

... Hej, det är bara jag igen, Roger...
Du kan inte undkomma mig, Roger...
Det går inte. (*Paus*) Vi känner ju varann nu, inte sant.
Roger... Jag hör att du är där, Roger.
Jag kan höra hur du andas...
Du har väl inte gjort något dumt, Roger.
Du har väl inte gjort något du kommer att få ångra, Roger.
Det är något du försöker dölja för mig... Men det kan du inte...

(*Nytt samtal*)

...Roger... Du har väl inte gjort något dumt... eller...
Jag känner dig, Roger...
Vid det här laget känner jag dig... som mig själv...
Vi är liksom tvillingar... du och jag Roger.
Tvillingar.
Vi kan känna varandras närvaro... hela tiden... du och jag.
Om jag gör mig själv något, kan du känna det i samma stund...
Känner du, Roger...
Känner du ... hur det pirrar i magen... Hur det ilar i bröstet.
Kan du känna det Roger, känna hur obehaget växer.

Växer och gör sig till.

(Nytt samtal)

Roger... kan du känna att jag är där...
Inuti dig.
Du kan inte springa ifrån mig längre.
Jag är där hela tiden, vart du än går.
Känner du hur jag spänner din knutna näve, Roger.
Känner du hur tårarna tränger fram?
Har du gjort något dumt?
Är det något jag borde veta?
Roger...
Hur mår frun Roger, hur mår din lilla hustru?...
Knöt du din näve i vredesmod, eller var det bara en
enkel sak?

(Nytt samtal)

... Hej Roger...
Vi har lärt känna varandra ganska väl nu, tycker du inte.
Hur kändes det förresten då din knutna hand träffade det
veka köttet.
Var det vällust, Roger... Var det kramp...
Var det ett triumfens ögonblick då hon föll till marken...
Eller var du rädd... som du är nu, Roger...
Hur mår det lilla barnet, Roger...
Hur mår det lilla barnet som du bär inom dig.
Är det ännu fyllt av hat, Roger... eller skriker det ut sin
bittra sång.
Hur skriker det, Roger...
Hur skriker det lilla barnet.

(Nytt samtal)

Roger... Roger...
Om du bara kunde se dig själv Roger, så som jag gör.
Roger... du andas häftigt.
Har det hänt något?
(*Andetag*)
Är du rädd?
Känner du att vi är liksom tvillingar, du och jag.
Tvillingar Roger. Om något går fel så känner jag hur du
blossar upp... Precis som då ett barn blir argt. Impulsivt
och befriande men samtidigt generat och ångerfullt...
(*Paus*) Du blir aldrig av med mig, Roger... Aldrig. Jag
finns inom dig... alltid... Som en röst i telefonen. Du och
jag, i evig tid... Roger... Du och jag...

HARRY'S BAR

"A kiss to build a dream on"

Av:
Thomas Herrgård

ROLLER:

Harry – En medelålders man med ett förflutet inom teatern och som dramatiker. Tillsammans med Betty.

Betty – En kvinna, något yngre än och tillsammans med Harry.

Charlie – En av Harrys och Bettys gemensamma vänner, arbetar på Bank och är tillsammans med Wendy. Gäst hos Harry och Betty. Tillsammans med Wendy.

Wendy – En kvinna jämngammal med Betty, gemensam vän till Harry och Betty med förflutet som sångerska. Gäst hos Harry och Betty. Tillsammans med Charlie.

Jackie – En kvinna, yngst av dem. Bekant till Charlie och Wendy.

Gentle – En fiktiv drömpersonlighet som bara gör sig synlig för Harry, serverar i baren.

Lucky – En fiktiv drömpersonlighet som bara gör sig synlig för Harry i egenskap av Harrys onda sida, något av en motsats till Gentle.

Miljö:

En övergiven bar i utkanten av civilisationen. Det finns några stolar och bord, slarvigt hopställda som om de lämnats i en hast. I ett av hörnen är en dammig bardisk och i ett annat har ett piano knuffats in. En stor veranda dörr med spröjsade fönster tecknar ingången till baren. En dörr leder också vidare in i denna byggnad. Det lyser in genom den stora ytterdörrens glasrutor, ett nattljus som tecknar sig emot golvet som för att ge sken av ett öde hus samt en sen kväll. Ett stearin ljus har lämnats kvar på bardisken, samt ett par tomma flaskor och glas.

Prolog

Gentle, en drömfigur, kommer in klädd som en bartender. Han klirrar med några glas han håller i handen och ser på en klocka han har i en bröstficka.
Han ställer sig sedan bakom bardisken och torkar glasen med en handduk medan ännu en person, Lucky, kommer in. Lucky ser på Gentle, de nickar åt varandra. Lucky sätter sig ned vid pianot.

Lucky – (*Efter en stund*) Får vi oväntat besök.

Gentle – Kanske.

Paus

Lucky – Det var längesedan.

Gentle – Ja det var det.

Lucky – Längesen…

Gentle – Ja det var det verkligen

Lucky – …Gentle…

Gentle – (*Ser på Lucky*) …Vad är det Lucky…

Lucky – När kommer de.

Gentle – Jag vet inte Lucky, snart kanske, snart…

Lucky – Hur många kommer det?

Gentle – Inte en aning.

Lucky – Kommer de att stanna?

Gentle – Jag vet inte, Lucky. Man vet aldrig hur det kommer att bli.

Lucky – Men om de kommer och om de stannar kommer väl allt att bli bra igen?

Gentle – Det vet jag inte.

Lucky – Men de kommer snart va?

Gentle – Kanske, men inget är sig likt.

Lucky – Inget är som förr.

Gentle – Nej, inget är som det ska vara, Inget är som det ska…

Lucky – Nej...

Gentle – Inget dumt nu Lucky. Ja, om de kommer, menar jag.

Lucky – Inget dumt, inget dumt... Kommer de snart?

Gentle – Det kanske de gör, när som helst nu...

Lucky – men, ska vi ta och börja nu då?

Gentle – Det gör vi... sätter du på musiken.

Lucky – Musiken...

Gentle – Louie Armstrong.

Lucky – Precis som förr.

Gentle – Precis som förr.

Musik, Lucky och Gentle drar sig tillbaka till sina platser.

Scen 1

En medelålders man och kvinna stiger in genom dörren. De ställer ned en del väskor mitt på golvet och blir stående en stund, betraktande rummet. Mannen drar ett par djupa andetag som för att verkligen känna in stämningen och minnenas alla dofter.

40

Betty – (*Efter en stunds tystnad*) Jaha…

Harry – Ssch!

Betty – (*Lite högre*) Jaha!..

Harry – Tyst sa jag.

Betty – Nej det sa du inte.

Harry – Nej, men kan du inte bara fatta vad jag menar.

Betty – Vadå!

Harry – … Att du inte kan hålla käften. Inte en enda gång.

Betty- Varför det?

Harry – Måste jag hela tiden be dig om allting.

Betty – Jag förstår mig inte på dig… (*sätter sig ned på en av väskorna*)

Harry – Nej… det gör du förstås inte.

Betty – Det har jag aldrig gjort.

Harry – Det kan jag tro.

Tyst en stund.

Betty – Varför ska jag hålla käften tycker du.

Harry – Det där fattar inte du.

Betty – Klart att jag gör, men om du aldrig säger ett jävla skit...

Harry – Därför att jag vill ha ett friktionsfritt och värdigt möte med mitt nya liv. Är du nöjd med det då din...

Betty – Vadå?

Harry – Ingenting (*Går fram till en bardisk och känner på den med handen.*) Mmm... Känner du.

Betty – Vadå?

Harry – Lukten,.. det luktar precis som... äh, minnen bara...

Betty – Pisslukt då... svett, eller kött, som dina små horor till skådespelare.

Harry – Egentligen så skiter jag i det där.

Betty – Ja, just det.

Harry – Jag har hört dig säga det där så länge att det inte längre rör mig. Fattar du det din jävla kossa, att det rör mig inte. Du kan sladdra ur dig den där skiten i hundra år till och jag kommer inte ens att vända mig om för att se vem fan det är som...

Betty – För det rör dig inte som vanligt, för du är precis som en jävla apa...

Betty tar upp en flaska ur en av väskorna, öppnar flaskan

och dricker direkt ur flaskan.

Harry – Du kunde ha blivit en bra skådespelerska du,.. kunde ha blivit.

Betty – Jag hade åtminstone förutsättningar.

Harry – Ja, du har ju alltid varit en uppblåst jävel. (*Sätter sig vid ett piano i utkanten av scenen och spelar 2 ackord*) ... Det här pianot måste vi i alla fall flytta...

Betty – Varför flyttar vi hit? Right in the middle of nowhere...

Harry – Ett piano måste synas, det är inte vad som helst, det är ett konstverk vi talar om, det kan inte stå här inne i hörnet. Hör du på vad jag säger, pianot måste ju synas...

Betty – Varför tog du med mig hit?

Harry – Jag bad dig inte att följa med, jag sa att vi skulle hit och jag frågade om du ville följa med, jag bad dig inte, jag frågade och det var du som följde med av egen fri vilja. Jag bad dig inte, om du förstår skillnaden.

Betty – (*Efter en stunds tystnad*) ...Det kommer inte komma en människa till det här stället.

Harry – Det där vet du ingenting om... Det är alla minnen, som att komma hem. Om vi nu bara får fart på den här baren så kommer det bli precis som förr.

Betty – Du ska få se. Det kommer inte komma en själ. Du kommer sitta där på din förbannade invigning och inte en jävel kommer dyka upp.

Harry – Ja, ja... (*Börjar bära undan deras väskor*)

Betty – ...och när det visar sig att jag haft rätt, kommer jag att kosta på mig ett asgarv.

Betty Plockar upp en liten sminkväska ur en av väskorna och börjar sminka sig. Harry harklar sig tydligt i rummet intill, Betty räknar tyst till tre.

Så... Nu snyter han sig... (*Harry snyter sig*) och så stoppar han ned den där äckliga lilla trasan i fickan igen...

Harry – (*Kommer tillbaka och stoppar ned en näsduk i fickan*) Varför kan du aldrig hjälpa till?

Betty – Det ser du väl att jag är upptagen.

Harry – Vi måste städa undan lite av all den här skiten.

Betty – Nu? vi har ju precis klivit in genom dörren.

Harry – När tänkte du att det skulle passa då! nästa år? Även om du kanske kan tänka dig att leva i en svinstia så har jag aldrig haft några sådana ambitioner. Själv kan du få bo i uthuset om det stör dig så in i helvete att det skulle vara rent.

Betty – Ja, ja. Det kommer ändå ingen.

Harry – Hur kan det komma sig att, varje gång, varje gång jag förväntar mig lite hjälp så kan man ju ge sig fan på att du ska börja sminka dig.

Betty – Vad är det du inte fattar nu då? Jag vill ju vara

44

vacker jag, även om det bara är för dig. (*Harry bär undan ytterligare några väskor*) (*Ropar*)... Vart bär du väskorna, älskling.

Harry – (*Tittar in*) Vad sa du?

Betty – Jag undrade bara vad du skulle göra av våra väskor.

Harry – Jag ställer dem i köket.

Betty – Hur vore det om du för en gångs skull bar dem dit de skulle på en gång. Så slapp vi gå och snubbla över dem sedan.

Harry – Här kan de i alla fall inte stå, då är de bara i vägen. Jag bär ut dem i köket.

Harry bär iväg deras väskor.

Betty – Like a little fairy tale, va... Jag kommer inte att stå ut i den här hålan.

Harry – (*Ropar*) Det skiter jag i.

Betty – Det skiter du i ja... Jag kommer i alla fall inte stå ut, inte särskilt länge. Inte en jävel kommer dyka upp här, inte någonsin. Du kommer att tappa besinningen, precis som vanligt, tappa besinningen och springa runt och skrika och gapa som om det vore mitt fel alltsammans, att jag skulle ha skrämt iväg folk, inte det att det var du som valde en sån jävla håla...

Harry – (*Kommer in igen*) Vad sa du.?

Betty – Vad hade du tänkt göra av pianot?

Harry – Inte vet jag... Flytta det (*pekar inåt rummet*)...hit kanske, så att det syns.

Betty – Vad är det för mening att ha ett piano om ingen spelar på det. Sälj det och köp sprit för pengarna, det kan du i alla fall ha användning för i din jävla bar.

Harry – Ett piano är inte bara en möbel kära du, men det fattar inte du fast jag sagt det så många gånger. Ett piano har själ.

Betty – Kyss dig i skrevet.

Harry – I alla fall inget som du skulle komma på tanken att göra, om jag får ursäkta. Ett piano har mer status än någon annan möbel jag känner till,

Betty – varför inte en bardisk.

Harry – Ett piano har mer än så, det har klass. Ett piano har mer värdighet än du har som kvinna, fast, ta mej fan, har inte ett dragspel mer stil än du nånsin haft.

Betty dricker på nytt ur sin flaska.

Betty – Hur skulle alla de här människorna ta sig hit då...(*Brister ut i gapskratt*) ...i helikopter..

Harry – De kan väl ta bilen, det gjorde vi.

Betty – För att gå en halv kilometer genom skogen. Du kan ju för fan inte vara klok om du tror att någon ska komma hit för att fika, äta eller ta en öl... Sedan då? Ska de gå vilse i skogen när de ska gå tillbaka.

Harry – Om det stör dig så in i helvete, så visst. Jag ska
gå ut och bygga dig en väg. (*Börjar klä på sig*) Jag gör det
nu på en gång, ja det gör jag. Jag kan bygga om hela jävla
världen åt dig om du vill... (*är på väg ut*)

Betty – Du!.. kom hit och hjälp mig med skorna...

*Harry vänder sig om i dörren. Betty sträcker ut ena benet
i luften. Harry närmar sig henne och sätter sig på huk
framför henne. Harry tar försiktigt av hennes ena sko och
smeker lätt hennes ömma fot. Betty grimaserar lätt.*

Harry – Ont?

Betty – Ja.

Harry – Det är skogen.

Betty – Den känns nästan inte längre, jag tror jag har för-
lorat känseln...

Harry – Jag sa ju det, högklackat är värdelöst på landet.

Betty – Jag skulle ha haft andra skor.

Harry – Ja. (*Masserar sakta hennes fötter och nynnar en
melodi som för sig själv*)

Betty – Jag älskar när du gör så där.

Harry – Vadå.

Betty – När du håller mina fötter.

47

Harry – Mmm.

Betty – Sluta inte.

Harry – Nej.

Betty – Hur länge har vi hängt ihop, du och jag.

Harry – Vet inte riktigt... trettio år...

Betty – Tjugosju.

Harry – Ja.

Betty – Minns du hur det var... The old days. (*Suckar*) Den gamla tiden.

Harry – Det var som förr.

Betty – Ja, men när vi träffades var allt annorlunda, vinden stod stilla, månen hade ett sånt sken man aldrig ser nu... kan det vara miljöförstöringen...

Harry – Mmm.

Betty – ...att man inte ser månen, menar jag. Som man gjorde förr. Inget är som förr... natten var varm, stilla... man kunde se alla stjärnorna... Det var bättre...

Harry – Förr...

Betty – Ja. (*Harry kysser Betty på benet och hon drar det snabbt åt sig*). Äh, det där vet inte du. Ska vi städa nu då.

Harry – Ska vi städa nu.

Betty – Ja, Det kan väl inte se ut så här när dina gäster kommer hit.

Harry – Nej, vi städar.

Betty – Ja, i morgon kan du börja med vägbygget...

Betty går ut, Harry blir kvar.

Scen 2

Andra människor kommer in i rummet, städar och befinner sig där som om det vore förfluten tid. En pianist spelar skalor på pianot och ännu en person "Gentle" dyker oväntat upp vid bardisken i rummet.

Gentle – Harry... (*Harry ser sig omkring*) Harry... Skönt å se dig.

Harry – Gentle... Är det du?

Gentle – Ja. Det var längesedan, hur är det?

Harry – Det vanliga, inget förändrat. Inte så mycket är annorlunda här inte.

Gentle – Du har tappat lite hår.

Harry – Ja, fast det var ju väntat. Inte mycket har förändrats här inte. Här är det precis som den gamla tiden.

Gentle – Ja. Som den gamla tiden.

Harry – Det skulle vara vägen då.

Gentle – Vägen?

Harry – Riksvägen Gentle, de har byggt en stor satans väg förbi alltihop, det måste du ha märkt som har varit här hela tiden.

Gentle – Du känner ju mig, jag är som jag är jag.

Harry – Det gick knappt att ta sig hit längre. Inte som förr…

Gentle – Ska du flytta hit?

Harry – Jag tänkte starta eget igen, så fick jag för mig att köpa det här gamla stället men det är ju åt helvete med den nya vägen och det.

Gentle – Hur går det med skrivandet.

Harry – Med skrivandet? Inget vidare. Eller… ja, de sista åren har det inte blivit någonting. Det kommer sig liksom inte. Jag har inte skrivit något vettigt sedan Wisconsin, jag tänkte att här skulle allt bli lite mer som…

Gentle – Förr.

Harry – Ja, precis…

Gentle – Och Betty?

Harry – Som vanligt, eller egentligen inte, lite kärvare kanske. Nä, inte riktigt som förr. Med henne tycks det bli svårare och svårare för varje år.

Gentle – Hon längtar kanske hem.

Harry – Hon har då inte sagt nåt, inte än.

Gentle – Hon är inte den som flyttar ut på landet, bara sådär. Inte som du Harry. Du tycker om att bo på ödsliga platser, sådan är du, men hon... Hon är vän med staden och förstår sig på den. Sådana som hon skräms av landsbygden, förstår du.

Harry – Nä. (*Harry Öppnar en väska som blivit kvar i rummet, tar fram två flaskor, en med Gin och en med Whisky ur väskan*).
Startkapital Gentle, startkapital.

Gentle – Aha! Du ska öppna baren igen!

Harry – Ställ dem där. (*Pekar på en hylla bakom bardisken och backar några steg för att titta*).
... Harrys Bar, vad säger du om det. Harrys Bar.

Gentle – Det är bra. Fint. Rustikt, som om det aldrig funnits nåt annat.

Harry – Harrys Bar... får mig att tänka på Hemingway... Sloopy Joe´s... Jazzmusic... like the good old days.

Gentle – Ja.

Harry – Då kan vi ta en drink Gentle. (*till pianisten-Lucky*) Spela någonting. (*till Gentle*) Servera mig en Gin, jag tar den som den är. Ingen vidare idé att blanda med den andra flaskan va? Ta vad du vill ha Gentle.

Gentle – Jag nyttjar inte. Vill du ha ett gott förhållande till spriten, drick den inte.

Harry – Pianot måste vi förstås flytta... (*Får en blick från Lucky vid pianot*)

Gentle – Det blir fint Harry, det blir det...

Harry – Och en stor skylt med neonrör, röda. Det kommer Betty Tycka om. Hon vill ju ha det lite som i stan.

Gentle – Det blir fint Harry.

Lucky – Ska du inte säga play it again Harry...

Harry – Inte den här gången Lucky.

En stunds tystnad.

Harry – (*Till* Gentle) Tycker du jag har blivit gammal?

Gentle – Jag vet inte Harry, vad tycker du?

Harry – Du sa att jag hade tappat håret, tycker du det. Märks det så tydligt tycker du?

Gentle – Det är inte riktigt som förr, det är det inte...

Harry – Och påsar under ögonen. Jag skulle vilja säga att det var grönsakerna. Bettys jävla grönsaker. Hon har gjort mig till en grönsaksätare och se vad det har blivit, det har vuxit ut två juver under ögonen. (*Gentle skrattar lätt*) Du är dig lik, har alltid skrattat åt de mest konstiga saker.

Gentle – Du älskar henne fortfarande?

Harry – Om jag älskar henne… det är väl klart, vad tror du? annars hade jag väl inte tagit henne med mig ända hit…tror du inte…Eller, jag vet inte faktiskt. Det kanske mest har blivit en vana.

Gentle – Vadå?

Harry – Att älska, det är som med gud, det är så lätt att älska det man tror på även om man aldrig riktigt har det i handen.

Gentle – Om gud visste hur älskad han var skulle han bli rörd…se…
(*Trollar fram en slant ur Harrys öra, knackar den två gånger i bardisken och räcker den till Harry*).
… Här, En skinande dollar. Beställ en till…

Gentle sluter genast sin hand om slanten och häller istället upp en till drink till Harry.

Betty – (*Ropar utifrån kulisserna*)... Harry!…

Gentle – Du kommer att göra det här till ett fint ställe igen Harry. Det känner jag på mig.

Harry – Kanske.

Betty – (*Skriker*) Harry för fan.

Gentle – Och oroa dig inte för Betty, hon ger sig med åren...det brukar de göra, bli bättre efterhand...

Gentle och de andra försvinner, allt blir som vanligt igen, något mer städat dock.

Harry – (*Skrattar*) Ja, kanske det...

Betty kommer in i städförkläde och gummihandskar och ser på Harry som står vid baren.

Betty – Vem pratar du med?

Harry – Ingen. Vill du ha en drink? Gin eller whisky?

Betty – Gin. (*Sätter sig*)

Harry – (*Ger henne en drink*) Nå?

Betty – Nå, vadå?

Harry – Vadå vadå. Vad tycker du? (*paus, gör en skyltgest med händerna*) ...Harrys Bar...

Betty – Harrys bar! vad är det för nåt?

Harry – Vad är det för fel på det nu då, vad är det för fel på "Harrys bar".

Betty – Det har ingen stil, ingen modern touche. För mig låter det mer som en gammal lumpbod än en bar. (*Tar av sig ena handsken*)

Harry – Vad ska det heta då?

Betty – Det vet väl inte jag, du som har sån fantasi kan nog komma på något.

Harry – För all del, det kan väl heta Bettys jävla bar, är du nöjd då?

Paus

Betty – Det finns inget toapapper.

Harry – I den stora bruna.

Lång paus

Betty – Tycker du jag har blivit gammal, eller ja, fet?

Harry – Varför tror du det?

Betty – (*Ser sig i en* spegel) Jag får det för mig ibland, att du tycker det, att jag är fet.

Harry – Nä, det vet jag inte.

Betty – Varför säger du det då.

Harry – Säger vadå?

Betty – Du kallar mig för fet.

Harry – Det gör jag väl inte…

Betty – Du säger… den feta gamla… ja något sådant är det väl.

Harry – Ja men då är det väl som jag säger då, det behöver ju inte nödvändigtvis betyda att jag menar det.

Betty – Menar vad.

Harry – Att du är fet.

Betty – Ser du nu att du sa att jag är fet.

Harry – Det gjorde jag väl inte.

Betty – Det gjorde du visst.

Harry – Men herregud, du är väl fet då, nöjd nu?

Betty – Faktiskt har jag blivit lite tjockare om rumpan, och midjan. Jag kanske borde springa lite mer.

Harry – Då tycker jag att du kan börja med att springa upp en stig till riksvägen.

Betty – (*Tar upp ett läppstift som hon målar sig med*) ...Ånej, Harry. Bygga vägar var vi överens om att du skulle göra.

Harry – Det finns en liten sjö här nånstans, dit kan du gå och bada om du vill.

Betty – Det kanske jag gör i morgon, nu borde vi gå och lägga oss Harry, jag har hittat ett så fint litet rum här borta. Du kan väl sova här i baren om du vill.

Harry – Jag har bjudit lite folk.

Betty – Jaha, ja. Hur skulle de hitta hit då?

Harry – Det löser sig väl då. Till i morgon var det tänkt.

Betty – Till i morgon!

Harry – Ja.

Betty – Jaha. Så fint, vilka då?

Harry – Charlie…Wendy, dom känner du ju…

Betty – Det vet jag inte, det är ju du som… Jag har ju aldrig…

Harry – Och Carol kanske… Carol…

Betty – Å, det lilla fnasket. Det kunde man ju ha fattat att du skulle dra med henne hit också.

Harry – Vadå?

Betty – Spela inte idiot nu Harry. Var hade du tänkt ta henne den här gången, i skogen, i sjön eller kanske på riksvägen så att alla riktigt kan få se er lilla parningsdans.

Harry – Har inte hon gift sig?

Betty – Som om det skulle vara något hinder för din lilla otuktsvals. Jag går och lägger mig i alla fall. Du får väl hitta på nåt.

Harry – Vem fan skulle jag bjuda hit då tycker du, din jävla morsa. Du skulle må då va? Så ni kan sitta här i er egen förträfflighet, måla läppar och locka håret och snacka skit om allt och alla. Inte fan skulle det komma någon och se på den föreställningen, det är i alla fall sä-

57

kert.

Betty – Du får väl hitta på nåt sa jag. Jag går och lägger mig.

Betty Går iväg.

Harry – Jag sätter väl upp en skylt eller nåt, så att man kan hitta...

Harry går iväg och Gentle dyker upp i baren igen. Harry kommer tillbaka med en väska och packar upp en filt som han lägger på några stolar.

Gentle – Harry... Inget mer ikväll...

Harry – Inte ikväll Gentle, inte ikväll...

Gentle – Kanske imorgon.

Harry – Kanske... Du hör hur det är. Jag lever ihop med en kvinna som inte vill ha mig.

Gentle – Och Carol...

Harry – Det är bara snack, det vet du ju, hon inbillar sig en massa.

Gentle – Så klart.

Harry – Om du ändå kunde fatta hur det är. Tjugosju jävla år med den där. En kvinna som ingen får röra. Hon kan ju lika gärna vara man för fan. Som dig Gentle. Hon är som ett sånt där stort svart hål, det gör mig inget att det existerar där ute och ändå suger hon i sig bit för bit av mig som en enorm dammsugare i universum…

Gentle – Det ordnar sig till slut Harry, det gör det alltid.

Harry – Jag vet inte.

Gentle – Du ska inte oroa dig för det.

Harry – Hon är ju som en kompis. Men jag vill inte vara hennes vän, fattar du. Jag vill älska henne, på riktigt, men hon låter mig inte. Hon önskar livet ur mig, vet du, hon önskar se mig dö bedjande om hennes oskuldsfulla jävla kön…

Harry Går och lägger sig på stolarna, drar filten över sig. Lucky kommer in, kretsar kring Harry som en ond dröm.

Lucky – Harry…Harry… Harry… Harry….Allt är inte vad man tror Harry… Harry… Har hon hittat någon annan Harry. Det kanske hon har, Harry. Det kanske hon har. Om du visste, Harry… Du bjuder hit folk, andra män Harry. Andra män som hon kan förälska sig i, förstår du… Han kommer hit… Och så börjar dom att kyssas, Harry…

Gentle – Lucky!

Lucky – Harry… Harry…om han kommer hit som du säger, och dom börjar kyssas så kommer hon att lämna dig, Harry…Du blir ensam… Ensam Harry… Igen…

Gentle – Lucky. Sluta. Du fördärvar honom… Inga mer mardrömmar.

Lucky – Harry…

Gentle – Ssch. (*En stunds tystnad*) Säker på att du inte vill ha något mer?

Harry – Inte idag Gentle, inte idag…

Harry släcker lampan och ljuset går ned.

Scen 3.

Nästa dag

Pianot är flyttat. Betty kommer in efter att ha varit och badat. Hon bär en korg med grönsaker i ena handen. Hon ställer ned korgen, går till baren och sätter på en skiva med Dinah Washington – "What a difference a day makes". Hon häller upp något att dricka och torkar håret med en handduk hon har lindat kring huvudet, sätter sig ned med en suck och sitter sedan tyst en stund.

Betty – (*Ropar*) Harry… Harry… Det går fort när man har roligt, det gör det. Sen kommer det långa tråkiga. (*Ser sig i en spegel, putar med läpparna och försöker lyfta upp ansiktet och brösten så att det ska se bättre ut än det egentligen gör*) (*Ropar*) Harry… Harry… Äh, det lönar sig inte. (*paus*) … Ja, vad ska det bli. Skogen och sjön och grönsakerna…
(*Ropar*) Harry jag fick lite grönsaker…
Grönsakerna ja. Dem tycker han ju inte om…
Harry…"Inga grönsaker till mig, jag är väl ingen ko heller"…Vad ska det bli med Harry?
Han tycker jag är en slampa han.

Ja det är väl just vad han vill det. (*Skrattar*)
Att jag ska gå omkring här och se ut som ett äckel.
Va!… Jag har inget liv här… jag badar och ser på kos-
sorna… Vad ska jag mer göra?
(*Skrattar*)
Badar och ser på kossorna…(*Paus, ser på klockan.*)
När skulle de komma nu då…Charlie,.. Wendy…
Jag kommer ihåg när han var ung jag, Harry…
Ung och ung förresten, han var ju för fan gammal redan
då.
Det var jag som var ung, det var jag som var dum nog att
slå mig ihop med den där gamla dåren.
Fast då var det ju en annan sak. Det var andra tider.
Man hade fötterna i luften på den tiden,
Gick på lokal och såg de stora… legenderna.
Då var de förstås inte legender, det blev de först sedan de
blivit gamla och dött. Ja. Som de gör, de stora. Dör och
blir legender.
Jag var ung och ville bli något.
Jag hade något då, men det blev nog kvar där.
Det blev nog kvar där med Harry.
"There's no business like show business."
Harry, ja. Han var som han var han.
Han satt där och var nån redan, någon som kände alla, jag
var just ingen…
"Man får inte skämmas för att man är bäst på nåt," sa han.
Ja, han var onekligen bäst på att prata han…
Och inte skämdes han heller… dear old Harry.
Inte är han som förr inte och det är väl som det ska vara,
fastän han skyller allt på mig, som om det skulle vara mitt
fel att han inte kan.
Han säger att han ska förstås, det gör han alltid.
Det han ska, blir det bästa han har gjort, säger han. Bara
inspirationen kommer så blir det väl ett nytt mästerverk.
Fast, inte förstår jag varför man måste flytta ut på landet

för att inspireras.

Men det ska väl mycket till... Nej, nu sitter jag här och snackar en massa igen. Inte förstår jag varför jag ska prata så mycket om då när det inte har något att göra med hur det är nu.

(*Betty tar fram ett kvinnoporträtt bakom bardisken och ser på det*)
...Ja, jag vet vad Harry kommer att säga, "Vad har den där kärringen på väggen att göra," men det skiter jag i, det kan han gott tugga i sig... Du får hänga här på väggen, bredvid alla hans andra idoler. (*Hänger upp porträttet och ser på det på* håll) Ja, någon jävla ordning får det ändå vara, fast det bara är i ett ruckel...

Det hörs röster utanför och någon tittar in genom ett fönster.

Charlie – Är du säker på att det skulle vara här?

Wendy – Det har jag aldrig sagt... är du säker på... ser du något?

Charlie – Vadå.

Wendy – Inte vet jag Charliegubben, det är väl inte jag som tittar in genom fönstren.

Charlie – Jag tyckte att det var nåt som rörde sig... nu precis, det rörde bestämt på sig...

Wendy – Ja men stå då för fan inte och stirra in som om du vore nån jävla idiot... Lite anständighet kan man väl önska. Nå... Knacka på dörren nu då.

Charlie knackar lite osäkert på dörren och Betty öppnar.

Betty – Ja...

Charlie – Vi är här nu.

Betty – Jag ser det.

Wendy – Det var väl hit vi skulle? Och du är...

Betty – Betty.

Wendy – Var det inte det jag sa, att det var här. Här måste det vara sa jag, fast det nog inte verkade som om någon vettig människa skulle komma på idén att bo här. Mitt ute i skogen. Eller hur Charlie, var det inte så.

Charlie – Javisst.

Betty – Ja, ni känner väl Harry...

Wendy – Vi blev bjudna, vad som helst kunde väl vara roligare än att bara sitta hemma med den där. (*Pekar på Charlie*)

Charlie – Jag såg Harry borta vid vägen.

Betty – Jaha. Vad gjorde han där?

Wendy – Harrys Bar! vad är det för jävla påhitt?

Betty – (*Verkar oförstående*) ...Harrys Bar?

Charlie – Det stod så på skylten.

Betty – (*Suck*) Jaha… Den ja… Han fick den nog billigt nån stans.

Charlie – Det tror jag säkert.

Wendy – Det var en bit att gå, ni har väl inte tänkt flytta hit?

Betty – Hit?

Wendy – Här, mitt ute i skiten, här hittar man ju inte ens en fiskmås, inte ens om man hade en låda full med matrester.

Betty – Harry tänkte väl det, själv vet jag inte.

Charlie – Hur ska han få mat här då…

Wendy – Säg det du… Charlie gubben, jag skulle så gärna vilja ha en drink…

Charlie – Charles för fan… Jag heter Charles… att du aldrig ska lära dig

Wendy – Gör dig inte till nu gubben, det sitter inga presidenter här ute i skiten, gå ut och hämta något att dricka bara. (*Wendy sätter sig, Charlie står kvar*) Karlar, de förändrar sig inte med åren precis… men Charlie för fan stå inte bara där utan gör något, visa Betty här vilken duktig liten gubbe du är.

Charlie går ut och man ser honom syssla med något utanför.

Betty – Hur bär du dig åt?

Wendy – Vadå.

Betty – Ja, med...

Wendy – Jasså! med Charlie.

Betty – Vadå?

Wendy – Charlie. Inget märkvärdigt egentligen. Långa naglar och ömtåliga fötter. De vill ju inte att man ska gå och skada sig på onödigt arbete.

Betty – (*Tar fram ett läppstift som hon målar sig* med) Älskar du honom då?

Wendy – Vem då?

Betty – Charlie. Ni är väl ihop, är ni inte?

Wendy – (*Skrattar*) Jasså! den där. Det vet man aldrig.

Betty – Varför inte? Det borde man väl veta. Ja, om man älskar nån eller inte...

Wendy – Äh, Det är väl inte så viktigt, inte när man har varit tillsammans så länge som vi har, då handlar det ju mer om att överleva än att hålla varandra i handen. Du då, har du hunnit tröttna på Harry.

Betty – Harry, jag vet inte. Han går mest omkring och klagar han, alltid är det något som inte stämmer, något som inte är bra, inte för Harry i alla fall... Fast jag följde med honom hit, det gjorde jag...

Wendy – (*Ser fotot som Betty har hängt upp*)… Vilket sött litet porträtt. Är det din mamma det?

Betty – Ja… Jag har nog tröttnat på honom…

Wendy – Hon verkar glad.

Betty – Ja, hon är alltid så där glad. Fråga mig inte hur hon bär sig åt.

Wendy – Sånt går över, det kan du vara säker på.

Betty – Hon har ingen Harry som går omkring och gnäller i alla fall.

Charlie – (*Kommer in med väskor*) … Jag tänkte att…

Wendy – Ja, vad ville du gubben… (*Till* Betty) Han tänker på Jackie…

Charlie – Jackie sitter kvar i bilen.

Betty – Jackie, Har ni hund med er…

Wendy – Nej, granne… Vem fan är det som har ställt ett piano mitt på golvet?

Charlie – Det stod säkert så.

Wendy – Säkert inte…

Betty – Granne…

Wendy – Ja. Hon vattnar mina blommor, hon är faktiskt

jävligt bra på det.

Betty – Varför följde hon inte med in?

Charlie – Nej, hon sitter kvar där i bilen.

Wendy – Vem fan är det som vill ha ett piano mitt på golvet, du eller Harry...

Wendy Går till bardisken för att hälla upp en drink åt sig.

Betty – Harry. Det är väl viktigt för honom.

Wendy – Spelar han nåt då?

Betty- Kanske.

Charlie – Jazz.

Wendy – I bet it's jazz Charlie. Inte mycket att välja på i den här baren.

Betty – As time goes by.

Charlie – Är det de enda?

Betty – Nära nog. Han kan inte, säger han och det gör han inte heller, men spelar det gör han. Varför sitter hon i bilen?

Charlie – Wendy har låst in henne.

Betty – (*Skrattar till*) ... I bilen.

Wendy – (*Har hällt upp en drink åt sig*) ... Jag tror inte du förstår, men Jackie är jävligt konstig. Om man ser henne så förstår man.

Charlie – Hon har skägg. (*Skrattar åt sitt eget skämt*)

Wendy – Det var inte så jag menade. Hon har nåt fel i huvudet. Hypofysen eller vad fan det är.

Betty – Hypofysen?

Wendy – Ja, eller vad det heter. Det är nåt med hormonerna. Hon får såna där hormonrubbningar. Hon kan bli alldeles galen, på en sekund. Helt tokig och bita hål i huvudet på en gubbe.

Betty – Varför tog ni med henne hit?

Wendy – Det är så skönt för henne att komma ut ett tag, Eller hur Charlie, lite luftombyte.

Betty – Hon verkar ju livsfarlig.

Wendy – Det låter nog värre än vad det är, men om hon får sitta kvar där i bilen, tills hon lugnat ner sig, så är hon som vem som helst.

Charlie – Hon kanske kan ta hand om dina blommor också.

Wendy – Var har du toaletten?

Betty – Ute.

Wendy – Det kunde jag ha räknat ut. Jag skulle ha klarat av det där hemma, inte sant Charlie.

Charlie – Charles.

Wendy – Inte sant, sa jag.

Charlie – Ja….

Wendy – Ibland verkar det som om du inte hör på vad man säger. (*Tar tag i Charlies öron och talar rakt in i ansiktet på honom*) Eller hur, Charlie. Det verkar som om du inte hör… (*Till Betty*) Eller så vill han inte. Han är så barnslig ibland. Precis som Jackie.

Charlie – Nej.

Wendy – Jo, Charlie. Precis som Jackie är du. (*paus*) Jag går ut.

Wendy går ut. Lång paus, Betty och Charlie ser på varandra.

Betty – Hur länge ska hon sitta i bilen.

Charlie – Vem då.

Betty – Jackie.

Charlie – Jag vet inte, hon kommer väl ut när hon fått nog. Och Harry?

Betty – När han tröttnar, det brukar gå ganska fort.

Charlie – Det här med baren då, var har han fått det ifrån.

Betty – Jag lägger mig inte i det. Han får hålla på så länge han tycker det är kul. Det går väl över.

Charlie – Ja, det gör väl det...

Betty – Ta dig en drink om du vill ha, det är inte så mycket men...

Charlie – Javisst.

Charlie går in bakom bardisken och Harry kommer in utan att se Charlie.

Harry – Jag satte upp en skylt...

Betty – Jag hörde det.

Harry – Så nu ska väl folk kunna hitta hit. Vad har du på dig?

Betty – Badkläder.

Harry – Har inte Charlie kommit.

Charlie – (*tittar fram*) ... Jo.

Harry – där är du ju, jag blev lite orolig att ni skulle ha gått vilse där ute i skogen.

Charlie – Nej då, det var ingen fara.

Harry – Har du fått något att dricka då. Nu ska du inte vara så finkänslig Charlie boy, (*klappar honom på kinden*) säg bara till om du vill ha något. Ta dig en grogg. (*Till Betty*) Varför går du omkring i badkläder?

Betty – Jag har badat.

Harry – Herregud! Gå och sätt på dig nåt anständigt.
(*Går till baren*)
… Gin eller whisky.

Charlie – Jag har redan fått, men jag har tagit med mig mer om du vill ha.

Charlie letar efter flaskor i sin väska. Gentle dyker upp bredvid Harry i baren.

Gentle – Är hon intresserad av honom?

Harry – Vem då.

Gentle – Betty.

Harry – Är hon?

Gentle – Jag vet inte, vad tror du…

Gentle försvinner.

Charlie – Nu fattar jag inte. Det ska finnas här någonstans…

Harry – Hon kanske verkar intresserad.

Lucky – (*Dyker upp där Gentle har stått*) Det kanske hon är…

Wendy kommer in, Lucky försvinner.

Charlie – (*Glatt*) Här är dom. Som jag sa. (*Tar fram ett* *par flaskor)*

Wendy – Kommer det inte några fler?

Harry – Det tror jag inte.

Wendy – Det kommer bli ett jävla väder i kväll.

Charlie – Tror du.

Wendy – Ja, det gör jag. Undrar om man kan sova här. Vad tror du Charlie?

Charlie – Jag vet inte, vadå?

Wendy – Herregud Charlie… om man kan sova… Dig blir man ju inte klok på.

Charlie – Det kan man säkert.

Wendy – (*Får syn på Harry*) Harry. Såg du till Jackie borta vid vägen.

Harry – Jackie?

Betty – Wendy verkar ha träskmonstret inlåst i bilen.

Charlie räcker Harry flaskorna som han haft med sig. Harry öppnar en av flaskorna direkt.

Wendy – Det är inte så farligt som det låter. Om hon trivs, kan hon få stanna. Ja, det blir som en present till dig, hon kan vattna dina blommor…

Betty – Nu verkar hon ha rymt också.

72

Harry – Whisky?

Charlie – Tack. (*paus*) … Spelar du fortfarande… På pianot alltså…

Harry – Lite.

Charlie – Spela nåt då.

Harry – Nej, jag vet inte om…

Charlie – Jo då, kom igen nu.

Harry – Vadå.

Charlie – Vad som helst.

Wendy – Vad du tjatar

Charlie – Som förr Harry.

Harry – Jag vet inte. Det är så ostämt.

Charlie – Fan Harry, du behöver ju bara dra en låt. Det behöver inte ens vara bra.

Betty – Jag sätter på mig något annat.

Betty går iväg.

Charlie – Det är ju inte nåt jävla konserthus…

Wendy – Sluta tjata på honom sa jag.

Charlie – Jag vill ju bara höra om han kan spela, det är det enda.

Gentle dyker upp igen.

Gentle – Spela något för honom Harry, gör det…

Harry – Tycker du det.

Gentle – Det tycker jag… Något från den gamla tiden

Harry går och sätter sig vid pianot, Charlie ställer sig bredvid med sin drink i handen.

Wendy – Vi borde kanske hämta Jackie nu. Om det blir storm borde hon inte sitta ensam där ute. Man vet ju aldrig vad hon kan ta sig till…

Harry – Ja, gör det. Betty, följer du med henne.

Betty – Vadå, jag.

Harry – Ja. Följ med henne du.

Wendy – Charlie…

Harry – Gå nu då.

Wendy – Charlie…

Charlie – Jag har fått en drink.

Wendy – Charlie, kommer du.

Harry – Gå nu då för fan. Vi kommer.

Charlie – Vi kommer sen.

Wendy – Vi kommer sen. Vet nog fan när du kommer. Aldrig skulle jag tro. I alla fall inte så länge du sitter och super med Harry, allt får man göra själv, allting Charlie.

Charlie – Ja, ja.

Wendy – Du tänker väl flytta hit Charlie, säg som det är, du tänker väl flytta hit du med. Ut på landet med utedass och flugor och råttor och skit, det är väl det ni har planerat, du ihop med den där… Sitta här ute va, och dricka drinkar och snacka skit. Är det så? Du skiter helt i mig du.

Charlie – (Irriterat) Jag kommer.

Wendy – Ja det tycker jag.

Charlie – Skål!

Harry – Skål Charlie.

Betty – Kommer du.

Harry – (*suckar*) Ja…

Ljuset går ned emedan de alla lämnar rummet.

Scen 4

Senare på eftermiddagen.

Det har hunnit mörkna utanför. Harry kommer in ensam genom dörren. Han får syn på Lucky.

Lucky – Nu går dom därute, Harry. Du vet väl vad det kan innebära. Betty och den där mannen. Dom går därute och du är inte med... Varför tog du hit honom egentligen? Du vet väl, Harry, vad du utsätter dig för... Du förstår väl vad som kan hända... Betty och den där mannen...

Harry går fram till baren och ropar efter Gentle.

Harry – Gentle...

Gentle – Ja.

Harry – Vad tror du om det här egentligen?

Gentle – Jag...

En stunds tystnad.

Harry – Ja, du.

Gentle – Du vet inte riktigt vad du vill...

Harry – Vadå.

Gentle – Livet, Harry. I ingentinglandet är det livet som är det övernaturliga. Alla bara rusar, hit och dit genom livet, utan att någonsin stanna upp och se efter. Så mycket som händer och ingen tycks ha en aning. Ingen verkar vilja veta vad som sker och… ja, sen är man död…

Harry – Jag vill ju ha henne Gentle, som förr.

Gentle – Som förr!

Harry – Nej, som nu, fast annorlunda.

Gentle – Om du stötte ihop med Betty igen och hon var en annan människa, skulle du vilja ha henne då?

Harry – (*Paus*) Jag vet inte, Gentle. Jag vill ju ha Betty. Det är ju för den skull jag är här. Jag vill ju ha Betty sådan hon alltid varit, bara lite mer…

Lucky – Som Carol…

Harry – Du misstar dig. Carol är ingenting. Skådespelerska, ganska dålig dessutom, men hon ser bra ut, det gör hon, det kan ingen ta ifrån henne. Jävligt bra. (*skrattar till*)
Kanske var det därför folk kom till den där teatern. För att se henne, inte för att se mina pjäser, utan för att se henne. Men jag har aldrig…

Gentle – Jag vet. Det har aldrig varit någon annan än Betty för dig.

Harry – Om jag kunde få henne att förstå… men istället överger hon mig, låter mig sova ensam här ute som om jag hade pesten eller något annat jävligt.

Gentle – Värre. Du är sentimental Harry.

Harry – Ja, dig kan man skratta åt Gentle.

Gentle – Jag skrattar inte.

Charlie kommer in.

Harry – (*Höjer* rösten) Du skrattar inte. Vem fan är det då som ska skratta...

Charlie – Vem pratar du med?

Harry – Jag? Ingen...

Charlie – Demonerna, Harry. Demonerna. Håller du på att bli tokig eller spökar det här.

Harry – Spökar det här.

Charlie – Ekar det också.

Harry – Det tror jag inte. Var är Betty?

Charlie – Där ute.

Harry – Hittade ni någon?

Charlie – Nej, inte ett skit. Jag fattar inte vad hon skulle ut i skogen och göra.

Harry – Hon har väl sina skäl.

Charlie – Och du. (*Tar en flaska ur baren*)

Harry – Jag?

Charlie – Ja du, vad skulle du ut hit och göra. Du har väl aldrig velat ut på någon landsbygd om jag minns det rätt

Harry – Det vet jag inte. Det har mera blivit ett måste. Kommer du ihåg när vi hyrde den där stugan i Vermont.

Charlie – Ja, vilken jävla vinter, gick inte att starta bilen en gång.

Harry – Du minns väl hunden.

Charlie – Hunden?

Harry – Ja den som hade frusit fast i isen.

Charlie – Ja.

Harry – Den stirrade, kommer du ihåg. Stirrade, död. Ögat i isen som en glaspärla. Så känns det.

Charlie – Vadå.

Harry – Att inte kunna.

Charlie – Som ett öga.

Harry – Fastfrusen i den här jävla skittillvaron

Paus

Charlie – Du borde kanske inte dricka så mycket.

Harry – Det gör jag inte.

Charlie – Varför överger du inte det där?

Harry – Vadå.

Charlie – Du kan väl för fan inte skriva nåt hela jävla tiden. Du är väl inte nån jävla Hemingway. Gör som alla andra. Skaffa dig ett jobb.

Harry – Som dig.

Charlie – Varför inte, eller skulle det vara något fel med det.

Harry – Det där fattar inte du.

Charlie – Vadå.

Harry – Ingenting för fan. Du jobbar ju på bank.

Charlie – Pratar med dig själv.

Harry – Vem då.

Charlie – Du. Håller du på att bli tokig eller vad fan är det frågan om.

Harry – Det tror jag inte.

Charlie – Vem pratar du med då.

Harry – Demonerna. (*Skrattar*)

Charlie –Vad säger de då? Demonerna.

Harry – Att jag ska ta en whisky. (*paus*) (*Häller upp whisky i två glas som han sedan dricker ur*)…Jag vill ju kunna skriva, som förr. Det är ingenting man kan göra åt det. Hela min existens hänger på det. Fattar du inte. Jag klarar inte av att leva på något annat sätt. Det är med det som med en jäkla tandkrämstub, varje gång som man trycker fram tandkrämen i tuben så att det är framme när man ska använda den nästa gång så är det ta mig fan nån jävel där och trycker den tillbaka igen.

Charlie – Det är bara som du tror. Man klarar ingenting innan man har provat.

Harry – Jag ser inte orden längre, bara det vita jävla papperet under pennan. Vad tror du alla sagorna kommer ifrån, något konto på din jävla sparbank. Eller alla pjäser och berättelser, inte därifrån, nej… Här, (*tar sig för bröstet*) Här…

Charlie – Du borde verkligen åka tillbaka till stan, ta det lugnt ett tag. Jag vet inte om det här luftombytet verkligen…

Harry – Vad tycker du om Betty?

Charlie – Jag vet inte. Är det hon som trycker tillbaka tandkrämen.

Harry – Tycker du om henne?

Charlie – Betty.

Harry – Ja.

Charlie – Jag vet inte vad du pratar om.

Harry – Om Betty för fan, hör du inte vad jag säger, om Betty. Hon förändras.

Charlie – Ville du att jag skulle komma hit för att tala om Betty.

Harry – Nej, för fan, inte det. Jag ska öppna den här baren igen.

Charlie – Ja, just det, du sa det. Harrys...

Harry – Harrys bar... Det blir väl bra. Jag ska städa upp här ute bara, så det blir som förr igen. Fan, Charlie det blir väl bra.

Charlie – Ja, du har lite att göra då.

Harry – På sommaren kan du komma hit igen, sitta på verandan med en öl i solen.
Betty och Wendy kunde bada eller hålla på med trädgården eller nåt sånt där. Det blir fint, det blir det. Eller hur Charlie. Hör du på mig...

Charlie – Ja visst, det blir fint Harry.

Harry går iväg till baren för att hälla upp nya drinkar åt dem, ger Charlie en av drinkarna.

Harry – Skål då, Charles.

Charlie – Skål. För Harrys...

Harry – För Harrys... Ska jag spela nåt, på pianot?

Charlie – Ja, gör det.

Harry – Vad ska jag spela då.

Charlie – Vad som helst. Ta nåt du kan.

Ljuset går ned, musik spelas upp inför nästa scen.

Scen 5

Harry och Charlie sitter vid pianot med varsin drink. Wendy och Betty kommer in.

Wendy – … Jävla ställe att bygga ett hus på. Ge mig nåt att dricka Charlie, fort innan jag tappar tålamodet. Det här landet går mig på nerverna. Snabba dig lite, jag får yrsel av att vänta på dig hela tiden.

Charlie och Betty möts vid bardisken.

Charlie – Såg ni något.

Betty – Nej…(*Harry kommer och tar tag om Bettys midja*) Nej, Harry. Inte nu…

Charlie – (*Ger Wendy ett glas*) Sjung nåt Wendy.

Wendy – Varför det.

Charlie – För att liva upp lite, Harry spelar, eller hur

Harry.

Harry – Vadå.

Charlie – Du spelar nåt för Wendy, så kan hon sjunga. Han kan spela, jag har själv sett det. Ta den du spelade förut.

Wendy – Tror inte man kan hitta henne längre, hon har väl gått vilse i den där pestdjungeln bland myggor och skit.

Harry – Hon kommer.

Betty – Kan väl inte vara så svårt att hitta hit. Det är ju enda huset i hela skogen.

Charlie – Wendy De Witt, den största sångerskan på den här sidan om ekvatorn.

Wendy – Varför säger du så där?

Charlie – För att jag tycker det, du är bra fattar du väl, du är ju fantastisk. Ingen sjunger så som Wendy.

Wendy – Säger du så bara för att göra mig till åtlöje. Rösten håller inte längre, och det vet du. Wendy fucking Witt, har gjort sitt...

Charlie – (*Till Harry*) Hon var strålande, varsam och känslig i varenda ton. Wendy slukade dem, varenda en.

Betty – Vilka då?

Charlie – Publiken, Betty. Publiken, varenda en av dem

älskade henne.

Wendy – Du ska fan inte håna mig på det sättet.

Charlie – Det gör jag inte. Jag kan bara inte förstå varför du slutade.

Wendy – Jag slutade inte, det bara låter inte längre.

Betty – Varför inte.

Wendy – Den kampen är förbi Betty, det finns ingen vilja längre. (*paus*) Vem skulle jag sjunga för då? de döda. Du förstår inte... På slutet fanns inga hängivna kvar, Charlie. Bara du. De andra satt där och skrattade åt mig, skrattade åt den där gamla subban på scenen. De såg mig falla sönder bit för bit där på scenen, och hånade mig, som en stor jävla pissfläck som inte gick att torka bort.

Charlie – Du kan sjunga för oss Wendy.

Wendy – Man får inse när man är passé, bara att medge. Inget är svart eller vitt längre, bara grått, grått... Grått, jävla grått. Gråa hår och hängfläsk, som en gammal sugga på väg till slakt.

Charlie – Sjung för mig Wendy, sjung för mig.

Wendy – Varför det, (*paus*) Ge mig nåt att dricka istället.

Charlie häller upp ännu en drink åt Wendy.

Charlie – Varsågod.

Wendy – Du kan inbilla dig att man ska sjunga du, som

är så jävla lycklig och inte har några skulder kvar i livet, inga oförätter, inget outrättat. Inga andra drömmar än att få överleva. Du är väl en tråkig jävel.

Harry – Var inte så jävla tråkig Charlie, ta en grogg.

Charlie – Charles.

Harry – Ja, ja. Ta vad du vill.

Wendy – Han tar en vermouth.

Charlie – Vem fan är det som bestämmer att jag ska dricka vermouth.

Wendy – Du ska inte svära, Charlie.

Charlie – Det gjorde jag inte.

Wendy – Det gjorde du visst, jag hörde vad du sa, du sa, "Vem fan är det som bestämmer att jag ska dricka vermouth" sa du.

Charlie – Jag skiter väl i vermouth.

Charlie häller upp ren sprit i sitt glas.

Harry – Bravo Charlie. Du måste stå på dig lite, du ska inte tåla vad som helst.

Charlie – Skål då… För Wendy.

Wendy – Äh, lägg av innan jag blir spyfärdig…

Harry – Sjung nåt för oss, Wendy.

Wendy – Sjung själv. (*Paus*) Fan för Jackie… Det är det jag alltid har sagt, hon är för ung för att förstå något. Jag hatar unga människor…

Charlie – Ja, ja. Du känner dig gammal.

Wendy – Det gör jag inte alls…

Charlie – Det gör du väl, det var väl det du snackade om… grått och grått. Jag fattar inte varför du vill göra allt till någon tragedi om din olyckliga ålderdom.

Wendy – Jag har också varit ung Charlie.

Charlie – Ja…

Wendy – Ja, jag hatade det…

Charlie – Vad för något, Wendy.

Wendy – Ungdomen.

Charlie – Såklart.

Wendy – Jag hatade ungdomen, den var så intensiv, så påträngande… Och nu finns inte det roliga kvar heller. (*paus*)

Betty Drar i Harry som sitter vid pianot.

Harry – Vad är det.

Betty – Jag vill dansa.

Harry – Utan musik.

Betty – Ja.

Harry – Dansa med Charlie.

Betty – Jag vill dansa med dig, Harry.

Harry – Jag spelar ju.

Betty – Det gör du ju inte.

Harry – Äh, ta en drink.

Harry börjar spela.

Wendy – ...Det var så underligt, på samma gång triumferande och vanmäktigt. Som att slå sig själv på käften. Har du aldrig haft den känslan.

Betty – Jag vet inte.

Wendy – Underligt hur vissa stunder griper tag i en, fyl--ler en med något... Något andäktigt.

Betty – Vill du dansa med mig Charlie.

Charlie – (*Ser på Wendy*) Varför det...

Betty – För att jag vill... För att den där grottmänniskan vägrar dansa fast jag kräver det.

Charlie – Jag kan inte.

Betty – Herregud! vad är det för fel på er. Antingen dansar du med mig eller så slår jag dig på käften.

Wendy – Bravo Betty, så säger jag också och då gör han som jag säger.

Charlie – Du är pervers.

Betty- Jag ska visa dig.

Betty tar tag i Charlie.

Wendy – Tänker du aldrig så.

Charlie börjar dansa med Betty.

Betty – Vadå.

Wendy – Att tankarna bara dyker upp, som om de vore...

Betty – Det vet jag inte. (*Paus*) Charlie... bra, Charlie. du dansar ju... Du kan ju det här.

Charlie – Gör jag.

Harry slutar först spela, men de fortsätter ändå att dansa. Harry börjar spela igen men en ny lite våldsammare melodi.

Betty – Mera så Charlie, men du måste hålla i mig ordentligt. Håll om mig bara, håll om mig som om vi vore älskande. Så där ja Charlie, nu känns det bra...

Harry – Det var då ett jävla dansande.

Betty – Var lite pervers nu Charlie, ta ut svängarna...

Harry – Det var ett jävla dansande, sa jag...

Harry slutar spela.

Betty – Sluta inte spela, Harry.

Paus.

Harry – Betty.

Betty – Ja.

Harry – Hatar du mig?

Betty – Jag.

Harry – Ja, du lyssnar inte på mig.

Betty – Det gör jag väl.

Harry – Det gör du inte.

Betty – Vadå.

Harry – Jag säger åt dig att sluta dansa.

Betty – Nej det gjorde du inte.

Harry – Nej, men jag menade det och det skiter du i.

Betty – (*Slutar dansa*) Vad är det med dig, är du svart-sjuk.

Harry – Nej det är jag inte.

Betty – För att jag dansar med Charlie. Du är svartsjuk för att jag dansar med Charlie. Du säger att du vill att jag ska följa med dig hit för att du vill vara med mig och ändå är jag bara ett svepskäl för att du ska komma bort och kunna skriva dina jävla pjäser. Vad vill du att jag ska vara, nån jävla passopp, en musa i baren?

Harry – Du hör, det gör du, men du vet för fan inte vad man säger.

Betty – Du är ju rabiat.

Harry – Det var ett jävla bra ord, det ska jag använda nästa gång jag ska beskriva dig i någon av mina pjäser. Rabiat. Du vill att allt jag gör ska gå åt helvete, eller hur. Varje gång jag försöker något så önskar du dig ett fiasko, men det är kanske kärlek det, för en sån som dig.

Betty – Du är ju paranoid också.

Harry – Under den sista pjäsen vi spelade på the Market, satt hon i kulisserna och svor att det skulle gå åt helvete. Det gjorde det också. Det kom knappt en människa och ändå... Jag tyckte verkligen att det var bra den gången. Det sa du att du tyckte också, men det gjorde du väl inte. Kritikerna skulle jubla sa du, kommer du ihåg. Kritikerna skulle jubla. Det hade ju varit bra om de kom. Nu vill du väl att det här med baren ska gå åt helvete också.

Betty – Hur kan du tro det?

Harry – Du talar ju inte om annat. Som en sån där missunnsam jävel. Hur "jävla jobbigt det är att Harry ska öppna bar." "Hur det ska komma människor..."

Betty – Hur ska det göra det då, Harry? Hur ska det komma en människa hit? Huset syns ju inte ens från vägen, det finns ju för fan inte en väg in hit.

Harry – Nej nu gör det inte det, nu gör det inte det, men det har funnits... Och det är inte omöjligt att...

Betty – Det var innan riksvägen, Harry. Nu har du Mc Donalds två kilometer längre fram. Vet du hur lång tid det tar att åka två kilometer med en medelsnabb bil.

Charlie – En och en halv minut.

Wendy – Vad du är duktig då Charlie.

Betty – Man kan äta, tanka och tvätta bilen utan att resa sig ur sätet. Vad är det då som får dig att tro att folk ska stanna här och börja leta efter en bar ute i skogen.

Harry – De kanske söker något annat, nåt mer jordnära och pittoreskt...

Wendy – Som att skita på utedass.

Betty – Folk kommer att gå vilse här ute.

Harry – Äh...

Charlie – Vi hittade hit.

Harry – Där hör du.

Wendy – Inte Jackie.

Harry – Nej. Inte Jackie.

Wendy – Är du säker på att du inte såg henne i bilen.

Harry – Nej sa jag, om hon inte hukade sig ner, vad hon nu skulle göra det för.

Betty – Du kanske skrämde henne.

Harry – Jag.

Betty – Varför inte, du är ju galen i unga flickor.

Harry – Vad är det för dumheter, hon är väl här nånstans, hon är väl inte dum i huvudet.

Tittar ut genom dörren.

Betty – Det vet man aldrig.

Harry – (*Ropar*) Jackie...

Betty – Om hon var i närheten skulle vi väl ha hittat henne.

Harry – Jag kan väl för fan inte veta var hon skulle hålla hus, hon kanske är dum i huvet ändå, sitter här utanför och trycker...Törs inte komma in.

Wendy – Det kanske är nån skogsbonde som har slagit ihjäl henne.

Harry – Ja, det kanske det är, mal ner henne till köttfärs och sprider ut henne som gödsel på sina åkrar...

Charlie – Eller matar björnarna. (*Skrattar*)

Wendy – Det ser ut som om det ska börja regna.

Betty – Ja, det ser mörkt ut.

Wendy – Var det inte det jag sa Charlie.

Charlie – Va?

Wendy – Att det skulle bli oväder, det har jag sagt hela tiden.

Harry – Då skulle ni ha fortsatt till Mc Donalds där verkar vädret alltid vara vackert.

Wendy – Borde nog se om man inte kan hitta henne ändå.

Charlie – Stackars Wendy, nu har hon fått så dåligt samvete.

Wendy – Äh, det där förstår väl inte du. Det kallas för empati.

Charlie – Empati, va. Till och med ett träd har ju större förmåga att visa känslor än vad du har. Tänk dig att hon ligger död någonstans i skogen, man kunde tro att det var du som hade mördat henne. Slagit ihjäl henne efter vägen.

Wendy – Äh, jag skulle säga att det var du som hade lämnat henne där, ingen skulle väl tro något annat, du är ju idiot.

Harry – Vi går ut och hämtar henne Charlie

Betty – Hon kanske gick till Mc Donalds.

Wendy – Vad skulle hon ha där att göra.

Charlie – Hon kanske vill ha mat.

Wendy – Vad skulle hon följa med oss hit för då.

Charlie – Säg det, det var ju du som släpade med henne.

Harry – Vi går ut och hämtar henne.

Charlie – Varför det.

Harry – Därför att ni har tagit henne med er hit, då kan hon väl inte stå där ute i regnet.

Charlie – Det skulle passa mig alldeles utmärkt om Wendy åkte i fängelse för mord på den där apan. Så slapp man henne slutligen.

Betty – Det regnar inte.

Harry – Nej det gör inte det.

En lång paus

Wendy – Jo, det gör det. Nu gör det det.

Harry och Charlie och Wendy går ut. Ljuset går ned.

Scen 6

Betty och Charlie som har kommit tillbaka är ensamma på scenen.

Charlie – Det här med baren verkar ha stigit honom åt huvudet.

Betty – Harry, ja.

Charlie – Följ med oss till stan igen, Betty.

Betty – Varför det.

Charlie Lägger händerna på Bettys axlar.

Charlie – Du kommer inte klara det, du kommer inte trivas här.

Betty - Det vet du inte.

Charlie – Jag ser det på dig.

Betty – Vadå.

Charlie – Harry...

Betty – Harry, han kommer inte klara sig, han behöver mig.

Charlie – Äh, Harry klarar sig alltid. Han är som en sån där kackerlacka, hamnar han på rygg en stund så är han snart uppe igen. Han skulle klara ett atomkrig om det var så.

Betty – Jag vet inte.

Charlie – Var och en bygger sina egna drömmar, Betty.

Betty – Som du och banken.

Charlie – Ja.

Betty – Vad ska jag göra då?

Charlie – Det vet du, en dag vet du det. Följ med oss, om inte annat så för min skull.

Charlie lägger handen på Bettys kind.

Betty – Charlie...

Jackie, kraftigt sminkad, vit i ansiktet med mycket svart kring ögonen och röda läppar, kommer in och blir ljudlöst stående i dörren.

Jackie – Vad gör ni?

Charlie – (*Drar hastigt åt sig* handen) Jackie! Var har du varit?

Jackie – Ute...

Jackie går in i rummet, tittar på porträttet av Bettys mor, tar ned det och sätter sig i en stol.

Charlie – Vi har letat efter dig, hela kvällen, hur hittade du hit?

Jackie – Jag tog helikopter.

Betty skrattar till.

Man hör hur Harry ropar utifrån.

Charlie – Det är dig de ropar efter. Hör du...
Såg du dem inte.

Jackie ruskar på huvudet.

Betty tar av Jackie fotografiet och hänger tillbaka det på väggen.

Betty – (*Presenterar sig*) Betty... (*Till Charlie*) Hon säger inget.

Charlie – Nej, hon är lite konstig. Kanske skulle passa här ute med Harry och demonerna.

Harry och Wendy kommer tillbaka.

Betty – Hon har kommit tillrätta.

Wendy – Det var så dags, nu när man har varit och letat efter henne hela jävla kvällen. Så lagom roligt och springa där ute i regnet i onödan.

Harry – Så det är du som är Jackie.

Wendy – Hon kommer nog inte säga något, hon brukar inte det.

Harry – Jaha, så du är en sån där som inte pratar. (*paus*) Vad har ni haft för er då. (*Till Charlie*) Hittat någon stans att sova?

Betty – De ska nog inte stanna.

Harry – Varför inte det nu då. Har nån blivit sjuk, Charlie, fått för lite att dricka.

Betty – Jag skämtar inte. Jag tänker följa med dem tillbaka till stan.

Harry – Du, äh. (*Till Charlie och Wendy*) Se efter om ni kan hitta nån stans att sova. Inte längst in till höger, där ligger Betty, annars kan ni ta vad som helst som ser ledigt ut. (*Charlie och Wendy går*) (*Lång paus*) Vem skulle köra då.

Betty – Jag.

Harry – Du, Du kan väl inte köra, du kan ju för fan inte parkera en cykel. Jackie, kanske. Är det hon som ska köra. Hon är den enda som inte har druckit.

Betty – Hon säger inget.

Harry – Nej, det kanske hon inte gör, men döv är hon väl inte.

Harry dricker ur en av flaskorna vid baren och Gentle dyker upp.

Gentle – Du tappar humöret, Harry.

Harry – Kan du ge dig fan på att jag tappar humör.

Gentle – Det är spriten, Harry.

Harry – Ge fan i och drick.

Gentle – Du kanske borde berätta det för henne.

Harry – Vadå.

Gentle – Vad du känner för henne.

Harry – Betty.

Gentle – Ja.

Betty – (*Till sig själv*)... Först såg vi inte varandra, jag och Harry. Sedan, plötsligt bara var han där. Vi stod där som om vi var alldeles ensamma i rummet. "Kyss mig", sa han. Fast inte riktigt så, det var mer romantiskt. Han såg på mig, så där som han gjorde då, med sina milda ögon och sa; "Give me a kiss to build a dream on..."

Harry – Vem då?

Betty – Du Harry, du...

Harry – Äh, prata om nåt annat. (*paus*)

Charlie – (*Kommer tillbaka*) Var det nån mer som skulle komma hit?

Harry – Ja, men de kommer nog inte.

Charlie – Vilka då?

Harry – Äh.

Betty – Jo, Harry. Säg nu vem det är som inte kommer.

Harry – Varför det, om det ändå inte kommer nån spelar det väl ingen roll.

Betty – Han är så förtjust i den här lilla aktrisen... Du vet hon som är så söt, på Harrys teater.

Harry – Carol för fan, hon kommer väl inte nu när det regnar.

Betty – Ja just det, Harry. Carol, ja. Så var det hon hette den lilla horan.

Harry – Nu håller du käften.

Betty – Harry vill förstås att Carol ska hänga på väggen här i hans jävla bar. Ett porträtt som han kan dregla över, ett smycke på väggen. En christmas carol på julafton, med glittrande ögon... (*Skrattar*)

Wendy – (*Kommer in*) Titta vad jag hittade. (*Visar en gammal tidning*) Charlie titta. Den här tidningen är lika gammal som dig Jackie. (*Bläddrar snabbt och visar Jackie en bild*) Ser du, vackra människor. Så vackra var alla människor förr, idag har alla blivit så fula.

Betty – Christmas Carol med lysande ögon som en jävla trädgårdstomte.

Wendy – Jag hatar vackra människor.

Charlie – Ja just det.

Wendy – Man får vara bitter och ålderstigen, men ful, nej det går inte. Som om det fanns någon oskriven lag som sa att man inte har lov att få vara ful….

Harry – Men din överdrivet glada morsa tycker du ska hänga där.

Betty – Ja, det tycker jag.

Harry – Så att hon kan få skratta mig rakt i ansiktet varje gång jag ser åt det hållet. Hon är för fan sjuklig och henne vill du ha hängande på väggen. Dessutom förstör det helheten.

Charlie – Helheten.

Betty – Du säger inte så om min morsa.

Harry – Inte. Det är ju något sjuklig över henne. Hon skrattar för fan åt allt, hon skulle skratta om man så slog henne i ansiktet.

Charlie – Slog henne.

Harry – Och när började du upprepa allt man säger.

Wendy – Inte mycket nytt i tidningen idag, ser du. Samma gamla skit. Några som har skilt sig och så har de gift sig med varandra…

Jackie – De har väl haft det svårt.

Wendy – Dom skrattar i alla fall.

Harry – Sjuka människor, som skrattar åt allt, så roligt borde ingen normal människa få ha det.

Betty – Det är du som är sjuk Harry, här... (*pekar på huvudet*).

Harry – Jag? Det är väl du som har en konstig föreställning om att jag ligger med alla jag möter, utom dig... Akta dig Charlie lille. Om du inte är på din vakt kommer jag kanske och drar av dig brallorna.

Charlie – Vad pratar du om.

Wendy – Han kanske vill ligga med dig Charlie, det är ju så inne nu. Inte för att jag har något problem med sånt, men Charlie har homofobi...

Charlie – Det har jag inte alls.

Wendy – Det har du visst.

Harry – Stora stygga översexuella Mega-Harry, ligger runt med alla hela tiden, är det inte så du menar. Lite knulla här och lite knulla där, stort som smått va, Betty. Är det inte så du menar? Att jag till och med skulle ligga med din morsa om hon skulle våga sig hit.

Betty – Du skulle bara våga.

Harry – Att det är jag som är en promiskuös jävel... eller vill du kanske berätta för våra vänner om biografen i Madison.

Betty – Nej.

Harry – Charlie, du vill kanske höra om hur Betty sög av den där negern på biografen i Madison.

Betty – Jävla idiot.

Harry – Vad hette filmen nu igen.

Charlie – Sluta nu Harry.

Harry – Betty, vad hette filmen....

Betty – Du är för fan inte klok.

Harry – Hur var det nu, vi hade väl precis träffats du och jag, det kommer du väl ihåg.

Betty – Om det gör dig så mycket gladare att prata om det, så för all del gör det då.

Betty går undan till baren, bort från Harry.

Harry – Hur mycket hade ni druckit du och den där negern innan ni bestämde er för att gå på bio.

Betty – Han var inte neger.

Charlie – Sluta nu Harry, det är inte roligt.

Harry – Va, vill du inte höra om Bettys negerkompis.

Betty – Han var för fan inte neger. Inte för att det spelar någon roll egentligen, men han var inte neger...

Harry – (*Till Charlie*) Jag trodde det skulle intressera dig, ifall du tänkte ta Betty med dig härifrån menar jag, att hon kan göra såna här saker.

Wendy – Vad pratar du om.

Harry – Säg inte att du inte har märkt något. Så fort man vänder ryggen till så är de på varandra.

Wendy – Vilka då?

Harry – Charlie och Betty. Hänger på varandra som två kåta kaniner...

Wendy – Vad fan pratar du om, vad är det han säger Charlie?

Charlie – Jag vet inte vad han pratar om.

Harry – Det vet du visst, du är väl inte dum i huvudet.

Wendy – Charlie, kan du svara mig.

Harry – Du har väl sett hur han dansar.

Wendy – Du är för fan inte klok. (*Sätter sig och läser sin tidning igen*)

Charlie – Du förstår inte, det han säger....

Wendy – Stör mig inte när jag läser.

Harry – Hur blir det nu då Charlie. (*Knuffar honom framför sig*)
Ska du gifta dig med Betty också. Skilja dig från Wendy och lilla Jackie här och skaffa dig en egen bank, några små bankkontor ihop, du och Betty. Eller räcker det med

att du får komma hit och småknulla henne nån gång då och då när jag är ute.

Charlie – Vad är det med dig, har du blivit tokig.

Harry – (*Tar en tomflaska från baren som han hotar honom med*)
Hur tokig kan en människa bli Charlie, svara på det du som är så jävla smart.
(*Charlie går ut*) Jag kanske skulle fråga Jackie...

Betty – Ser du nu vad du har gjort

Harry – Vadå.

Betty – Han gick ut.

Harry – Man kan väl få skämta.

Betty – Skämta?

Harry – Ja, inte kunde väl jag veta att han skulle vara så jävla känslig.

Betty – Jag tycker du ska gå ut och hämta honom.

Harry – Jag tycker han kan stå där ute.

Betty – Gå och hämta honom.

Harry – I Helvete heller.

Betty – Gå och hämta honom för fan. (*Harry tvekar först men börjar sedan gå*) Han står ju och fryser i regnet....

Harry – Ja…

Wendy – (*Till Jackie*) Gjorde dom något som han säger.

Jackie – Kanske.

Harry – (*Ropar efter Charlie*) Charlie. Du kan komma in nu. Det har gått över, jag är from som ett lamm nu Charlie. Jag ska inte prata nåt mer om dig och Betty… Charlie, kom in nu för helvete innan du blir sjuk. (*Till Betty*) Han kommer inte, han tänker visst stå där ute och tjura. (*Till Charlie*) Stå där ute då om du tänker vara så jävla barnslig.

Harry går till baren och hämtar gin flaskan som han dricker ur. Han sätter sig vid pianot.

En stunds tystnad.

Betty – Var du tvungen att ta upp det här med bion i Madison?

Harry – Varför inte.

Betty – Vadå, varför inte. Det är inget du behöver ta upp, säger jag. Du behöver inte snacka om någon bio överhuvudtaget.

Harry – Inte. Du såg väl hur illa han tog det.

Betty – Du är bra jävla dum om du tror att det där är sant.

Charlie kommer in och blir stående emellan Betty och Harry.

Harry – Ja, jag är väl det då.

Betty – Ja, det är du. Du är så jävla dum att du inte ens själv förstår hur dum du är. Det har aldrig varit något på någon jävla bio.

Harry – Du har rätt, jag är idiot som inte förr än nu har upptäckt hur han ser på dig, hur han klär av dig med blicken, hur hans fantasier våldtar dig mitt framför ögonen på oss alla.

Betty – Och vad skulle du ha med det att göra.

Wendy lägger ifrån sig tidningen, går fram till Charlie och slår honom i ansiktet med knytnäven så att han faller omkull, hon vänder sedan tyst om och fortsätter läsa sin tidning som om inget hade hänt.

Wendy – Fy fan vad jag hatar den här tidningen.

Gentle dyker upp och samtalar med Harry utan att de ser på varandra.

Gentle – Du gjorde det som kändes rätt?

Harry – Jag gjorde det som föll mig in.

Gentle – Det kan jag inte klandra dig för.

Harry – Du känner ju mig, jag är som jag är jag.

Gentle – Du är som du är Harry.

Harry – Det är inget att göra något åt.

Gentle – Svartsjukan är en av människans bojor Harry, men hör den inte också kärleken till…

Betty – Varför tog du med mig hit egentligen, jag vill inte öppna någon bar Harry.

Harry – Va.

Betty – Jag vill inte vara kvar här.

Harry – Nähä.

Betty – Jag vill inte vara kvar här i nån bar Harry.

Harry – Du förstår inte, det handlar inte om baren.

Betty – Vad handlar det om, då. Din jävla pjäs?

Harry – Det handlar om dig Betty, om dig.

Betty – Hur fan kan det handla om mig, jag har aldrig velat ha med din bar att göra överhuvudtaget.

Harry – Jag vill ha dig här. Jag vill att du ska vara här med mig. Din syster sa att du var sjuk, det skulle vara bra för dig med luftombyte sa hon.

Betty – Vad fan har hon med min hälsa att göra. Det är du som är min sjukdom, du är som en enda stor cancer i och omkring mig, det är vad det är. Men som om jag inte hade någon annan stannar jag med dig, dag ut och dag in, tills döden kanske äntligen tar mig härifrån.

Wendy – Jag hatar döda människor, de stirrar så obehagligt, det är som om de visste något…

Harry – Ja, gör det Wendy lilla, hata på du, det passar dig.

Wendy – Äh, det gör det inte alls.

Charlie – Det gör det visst.

Wendy – Ligg där du ditt lilla våp, men säg för fan inget för då sparkar jag dig någonstans där det gör jävligt ont.

Jackie – Betty tror att Harry och Carol ligger med varandra.

Harry – Hur fan vet du det? Jag ligger inte med nån, jag är kysk som en kviga. Jag ligger inte med mig själv en gång.

Betty – Harry…

Jackie – Det verkar som om alla ligger med varandra.

Harry – Var har du fått det ifrån.

Jackie – Det låter som det.

Harry – (*Till Jackie*) Hur i helvete kan du vara så jävla korkad.

Jackie – Man hör saker.

Betty – Jag vill åka hem nu Harry.

Harry – Det skiter jag i, du säger så bara för att såra mig.

Betty – Jag tänker följa med den första som åker härifrån.

Harry – Och om ingen vill ha dig med.

Betty – Då får jag gå.

Harry – Du...

Betty – Ja...

Harry – Det kan du inte.

Betty – Vem säger det.

Harry – Du har inga skor.

Betty – Vad fan har det med saken att göra.

Paus.

Harry – Förstår du inte. Jag vill att du ska vara kvar här. Jag behöver dig, jag klarar mig inte utan dig.

Betty – Det gör du visst.

Charlie – Jag har inte legat med henne, Harry.

Harry – Borde du ha gjort det...

Charlie – Jag har inte ens tänkt på det så.

Jackie – Kärleken är allt, den är kryddan i den här meningslösa tillvaron. Det som får hjulen att snurra och tiden att gå.

Wendy – Fy fan vad gammal man har blivit, det är så att man mår illa.

Harry – Betty...

Betty – Vi är det gråa folket Harry, de betydelselösa, de som ingen lägger märke till. Som du med din bar här ute i skogen. De andra människorna passerar utan en tanke på att du finns Harry. De passerar där ute på vägen utan vetskapen om att här bor en människa. En människa precis som dem med tankar och drömmar om livet. För dem därute finns du inte och det gör ingen skillnad om du sätter upp skyltar eller inte. Ingen kommer att vilja se någon teater av dig, vare sig här eller någon annanstans.

Harry – Betty...

Betty – Mitt i det här meningslösa tillståndet vill du att jag ska slå mig ned. Här med dig. Förgås till ålderdom i nåt jävla skogsland, allt medan du fortsätter att försöka förverkliga dina meningslösa gamla drömmar.

Harry – Betty...

Betty – Jag har också drömmar Harry, det kanske du inte tror, men dom kretsar i alla fall inte kring nån jävla bar ute i skogen.

Harry – Betty... Jag älskar ju dig.

Betty – Det gör du inte alls, du hatar mig precis som du alltid har gjort.

Harry – Hur kan jag göra det, du är ju allt för mig Betty, du är ju hela mitt liv, Betty... förlåter du mig Betty...

112

Betty – Varför tog du med mig hit.

Harry – För att jag vill vara med dig, förlåter du mig?

Betty – Varför det.

Harry – För att jag har sårat dig. Jag vill ju bara att vi ska ha trevligt och skojigt tillsammans. Jag vill ju inte såra dig Betty, förstår du. Jag vill att vi ska trivas, förlåter du mig... Förlåter du mig Betty om jag har sårat dig. Förlåter du mig...

Betty – (*Skriker*) Ja... (*Paus*) Jävla idiot.

Wendy – Vi ska nog åka nu

Harry – Kyss mig, Betty. Kyss mig som förr.

Betty – Äh, då vill du bara ligga med mig.

Harry – Jaa.

Wendy – (*Till Jackie*) Hämta väskorna och gör dig i färdig. (*Till Charlie*) Res dig upp din lilla jävel, vi ska åka.

Charlie – Undrar när du ska börja kalla mig Charles som alla andra.

Wendy – (*Nedlåtande*) Charles....

Harry – Kyss mig Betty, like the old days, a kiss....

Betty böjer sig fram emot honom och kysser Harry på

113

kinden.

Jackie – De älskar verkligen varandra.

Wendy – Nej det tror jag inte, de är bara oumbärliga för varandra. Så går det när man har blivit så gamla tillsammans, kan inte skiljas längre...

Ljuset går sakta ned, alla personer lämnar scenen utom Betty och Harry som blir sittande kvar mitt på scenen, Harry i med huvudet i Bettys knä.

Scen 7

Epilog.

Harry tycks ha somnat i Bettys knä. Betty reser sig sakta upp, lägger över honom en filt och lämnar rummet. Lucky dyker upp.

Lucky – Den dagen ska komma
Då allt är försent
Då sanningen löper
både snabbt och gement

Ja, vem är den gamle mannen
Var kommer han ifrån
Och vart tog den glada ungdomen vägen

Betty Kommer ut igen med en väska, ser sig om en stund, lägger en filt över Harry och lämnar sedan baren.

Lucky. Forts.

> Vart man än är så längtar man bort,
> men alltjämt snurrar jorden.
> Där inne springer livet, men vägen är kort
> och snart har man tappat bort orden.
>
> Kärleken kommer och kärleken går,
> Skynda dig att älska allt du förmår.
> Minnen ska vissna och sakta dö bort,
> Kvar blir blott sånger och enstaka kort
> Livet är nog allt för kort
> Tystnaden tar över och friden…

Gentle dyker upp, visslar och gör sina barsysslor som om inget hade hänt.

Gentle – Det kommer att bli fint det här Harry.

Harry – (*Utan att titta upp*) Tror du.

Gentle – Ja, det gör jag. Ingen skulle klara det här som du Harry.

Harry – Och Betty…

Gentle – Du vet ju hurdan hon är, Harry.

Harry – Har hon åkt.

Gentle – Hon kommer nog tillbaka, en dag kommer hon

tillbaka ska du se.

Harry – Ja, du hade rätt. Det här med landsbygden var inget för henne.

Gentle – Det löser sig nog med tiden.

Harry – Ja, det gör väl det.

Gentle – Du ska ha tålamod med vad du utsätter dig för.

Harry – (*Sätter sig upp*) Vad ska jag göra då, Gentle.

Gentle – Gör det du är bäst på. Skriv en pjäs. Säg det du vill säga, berätta dina drömmar, ge ord åt det du känner.

Harry – Det går inte, inte som förr.

Gentle – Visst går det.

Harry – Nej du vet inte, det går bara inte, allt som har varit så lätt har plötsligt blivit så svårt. Jag vet för fan inte vad jag ska skriva om.

Gentle – Du kan det här Harry, det vet du.

Harry – (*Utan att mena* det) Visst, Jag kan skriva om mig och Betty.

Gentle – Det blir fint Harry.

Harry – Tycker du. Jag kan skriva om två personer som älskar i kyskhet. Jag kan skriva om baren och om dig Gentle.

116

Gentle – Tänk på att allting har ett pris, Harry. Det du säger kan kosta någon annan deras ära och heder.

Harry – Jag ska börja i morgon. Inte just nu. I morgon.

Gentle – Det blir bra.

Harry – Vägen får jag skita i, det kan jag ta någon annan gång.

Harry lägger sig ned igen.

Gentle – Ska du ha något mer innan jag stänger.

Harry – Nej... nej det ska jag inte. I morgon kanske, men inte idag... Inte idag.

Ljuset börjar gå ned.

Gentle – (*Efter en stunds tystnad*) ... Vad ska den heta då... Pjäsen.

Harry – Det vet du nog.

Gentle – Naturligtvis ... Harry´s bar.

Harry – Du ser.

Gentle – Så dumt av mig, det borde jag ha tänkt på... Harry´s bar...

Ljuset slocknar.

Indiansommar

En historia i fyra delar om ett mord

Av:

Thomas Herrgård

ROLLER:

Stan Parker – *En äldre ungkarl utan arbete, inneboende på hotellet.*

Lilly Parker – *Stans mor*

Jenny – *Kassörska på bensinmacken*

Willie – *Jennys vän*

En kund – *på bensinmacken*

En Knivhuggen person – *(Indianen)*

Becky Freeman – *Toms fru*

Tom Freeman – *Hotellets ägare*

Ed – *Boende på hotellet*

Billy – *Eds bror*

Två röster *från teven*

Pjäsen är tänkt att kunna spelas antingen som fristående scener eller i sin helhet. Ordningen på scenerna är heller inte avgörande då de alla utspelar sig under exakt samma tid. Personerna har i viss utsträckning också betydelse för varandras scener, epilogen borde dock av förklarliga skäl komma sist. Tiden då skådespelet tar sin början är i slutet av sommaren då en ordentlig värmebölja har lagt sig över en liten håla i den amerikanska södern. Klockan är tio i åtta på kvällen. Platsen där de olika scenerna utspelar sig är på och omkring ett litet, billigt, ruffigt och ganska nedgånget motell vid sidan av en större genomfartsväg. Ett sådant ställe som ofta blir en billigare och längre, tillfällig, bostad åt utslagna och bortglömda personer ur en lägre arbetarklass. Det är en plats där inte många stannar på sin väg mot något större och viktigare i livet.

Indianens Sång.

I.

Silently as the poplar tree

Waving in the summer's breeze.

As tears of joy the flowers fall

Leaving nothing else to see.

Slowly life´s descending

Falling but pretending

Like an endless silent yawning breathe

The life thirst´s pouring gasping heat

And blends in with the night.

Del 1.

Stan och Lilly

Roller:

Stan Parker

Lilly Parker

Platsen är ett av motellets rum, sparsamt möblerat, med ett fönster på ena väggen invid vilket man ställt ett matbord. Där står en ensam soffa och ett litet soffsidobord. En dörr leder in till ännu ett rum. En väggklocka av äldre modell pryder väggen vilket vittnar om att de som bor där har bott där länge. Klockan står på tio i åtta. Klockan är också det enda statusting som pryder rummet förutom en blomma i fönstret, ett porträtt föreställande en man i uniform och en låda i plåt eller papp på sidobordet invid soffan. Vid bordet sitter Stan och äter lite slafsigt ur en djup tallrik. Mittemot sitter hans mor Lilly och ömsom ser på Stan ömsom ut mellan fönstrets lite solkiga gardiner. Hon suckar då och då djupt mellan Stans tuggor.

Lilly – Det är inte lätt att bli gammal i det här landet.

Stan – Nähä.

Lilly – Det är inte lätt att bli gammal överhuvudtaget.

Stan – Mmm... Du sa det...

Lilly – Särskilt inte i det här landet... Här är det verkligen inte lätt... att bli gammal.

Stan – Ja, ja...

Lilly – Måste du slafsa i dig så där.

Stan – Va?

Lilly – Du kan väl äta som folk, precis som en gris är det.

Stan – Vadå!

Lilly – Du äter som en gris. Sörplar och slafsar. Det är inte så roligt att höra på det där.

Stan – Jag äter väl hur jag vill. Det är inte precis skitgott heller.

Lilly – Måste det höras då?

Stan – Jag gör så gott jag kan, eller hur tycker du att jag ska göra? (*gör sig till och imiterar ett särskilt fint manér.*)

Lilly – Tur för dig att du inte hör till societeten.

Stan – Det hade varit nåt det morsan. (*Sörplar ännu högre.*)

Lilly – Det var bättre förr.

Stan – det är det väl alltid för dig.

Lilly – Ni bara klagar ni, inte gör ni nåt för det heller. Det klagades inte hälften så mycket om allting på min tid. Nu är allting så jobbigt så... Ta den här Tom till exempel, (*Ser ut genom fönstret*) Hela dan har han sprungit omkring här ute och burit och stått i. Inte har jag sett honom gå och klaga över det. När tänkte du skaffa dig nått jobb egentligen?

Stan – Det är väl inte bara att skaffa nåt jobb.

Lilly – Har du frågat?

Stan – Vem skulle jag fråga? Dom lägger ju ner allt här omkring.

Lilly – Tror du att alla jobb bara har flugit över mig i alla år då, man får väl ta det som finns och då kan man inte vara så fin i kanten.

Stan – Än du då?

Lilly – Jag är gammal jag.

Stan – Ja du sa det.

Lilly – Och ingen flicka har du heller, när tänkte du skaffa dig det, när du blir lika gammal som mig? Man kunde ju tro att du....

Stan – Morsan!

Lilly – Ända sen farsan gick bort har du suttit fast här vid mig som en fluga på en koskit. Du tror inte att jag skulle vilja ha lite privatliv. Kanske skaffa en ny gubbe, det går ju inte så länge du sitter här och sörplar.

Stan – Så den gubben skulle komma gående här utanför fönstret då, det är därför du inte gör nåt annat, bara sitter här. Stirrar ut genom det där fönstret.

Lilly – Vad skulle jag annars göra då, med dig hängande efter en som ett dibarn. Nä det var bättre förr.

Stan – Vadå, större fönster?

Lilly – Nä, det fanns alltid nåt att göra. Men ni, ni bara går och drar benen efter er. Se på den här Tom, han jobbar hela tiden. Det är nåt visst med arbetande män, inte gör det nåt att dom är svettiga. När jag var ung, ja innan jag träffade farsan, då var jag ett hett byte. Ja det kan man inte tro nu, men gosse om inte killarna sprang efter en. Tutade när dom körde förbi. Inte är det lika roligt att vara gammal inte...

Stan – Ingen som tutar längre.

Lilly – Ingen som tutar... Men det var bara en som fick hälsa på, det var det. (*Tar upp porträttet från bordet*) Vi hade en bra tid, jag och farsan. Bra jobb hade han också, byggde bilar, det var framtiden det. Bygga bilar. Alla ville ha bil så jobb fanns det i massor och så kom du. Men det var ju innan det där förbannade kriget. Du skulle ha sett hur han kom hem, uppskuren som en slaktgris.

Stan – Ja det var bättre förr...

Lilly – Ja, inte kriget då, det var ett skit. Jag ville ju inte att han skulle åka, men han trodde förstås inte att just han skulle träffas av nån bomb. Tänk att det tror dom aldrig, dom som åker. Fattar inte vad som gör det. Nån idiotgen är det väl.

Stan – Vadå! Farsan?

Lilly – Ja vad skulle han där och göra. Dom kunde väl ha fått kriga sitt eget krig utan att vi måste lägga oss i. Sen satt ju vi i skiten, det var ju vi som fick betala priset.

Stan – Du fick ju betalt.

Lilly – Det var väl tur det, hur skulle vi annars ha klarat oss... (*Tittar ut genom fönstret*) Tänk att det är alldeles tomt därute va! Det är väl den här värmen, folk klarar ingenting numera. Blir det bara lite varmare, så kan man inte gå ut längre utan sitter inne och flåsar som en dödssjuk.

Stan – *(Ironiskt)* Ja, det är helt obegripligt.

Lilly – Det var bättre förr. Inte sprang vi runt och gnällde över minsta lilla värmebölja, sånt hade man inte tid med då, man fick väl stå ut det var allt.

Stan – ja tänk vilket virke det var i er generation.

Lilly – Stan, varför går du inte ner och pratar lite med den där flickan på macken.

Stan – Varför det?

Lilly – Hon verkar väl trevlig.

Stan – Kanske det men...

Lilly – Hon kanske bara sitter där och väntar på att nån ska komma dit och prata med henne, bjuda ut henne kanske.

Stan – Nu får du väl sluta.

Lilly – Tror du inte att jag fattar att du har gått och spanat på henne. Gör någonting, sitt inte bara här.

Stan – Det gör jag väl inte.

Lilly – Det gör du väl. Du vill inte hitta nån flickvän fast jag försöker hjälpa dig och nåt jobb verkar du inte vilja ha heller. Har du varit till bilfabriken och frågat.

Stan – Det är väl ingen idé, där säger dom ju upp folk nu.

Lilly – Fråga kan man alltid. Du måste börja träffa lite folk, skaffa dig lite kontakter.

Stan – Ja, ja. Skaffa mig ett eget rum kanske.

Lilly – Gärna det.

Stan – Så du kan sitta själv här vid fönstret och beklaga dig.

Lilly – Det är inte det.

Stan – Nähä! Vad fan är det då?

Lilly – Du ska inte svära.

Stan – Varför inte det nu då?

Lilly – Det bara är så, du ska inte svära helt enkelt.

Stan – Säger vem.

Lilly – Det står i Bibeln.

Stan – Det står väl inte i Bibeln att jag inte får säga fan när jag vill.

Lilly – Jo det gör det, nån stans... Du ska hedra din mor och far.

Stan – Nu får du lägga av...

Lilly tittar hastigt ut genom fönstret och gestikulerar.

Lilly – Titta! Nu är han därute igen. Jag säger ju det... alltid någonting på gång. Jobbar och står i. Och den där grabben han har med sig ibland... Han kanske kunde hjälpa mig att slänga lite skräp. Tänk, en del dom jobbar dom... alltid nåt på gång...

Stan – Och andra sitter bara och stirrar ut genom fönstret...

Lilly – Vad ska jag göra då, kan du svara på det?

Stan – Inte vet jag, titta på teve som alla andra.

Lilly – Det finns inget att se. Bara reklam... hela tiden, reklam, reklam, vad är det bra för va? Det var bättre förr, det säger jag.

Stan – Vad skulle det ha varit då?

Lilly – Vadå?

Stan – Ja vad skulle ha varit så jäkla mycket bättre förr.

Lilly – Då kunde man se riktiga filmer med riktiga skådespelare. Nu är det bara översminkade pälsråttor som inte har nåt vettigt att säga. Farsan och jag brukade gå på bio när vi ville se film. Alla gick på bio på den tiden... Du går väl aldrig på bio... Det kan du väl göra, bjuda den där söta flickan på macken.

Stan – Det tror jag inte.

Lilly – Nej du tror ingenting du.

Stan – Nej.

Lilly – Tror att maten ramlar ner på bordet bara. Förr gick det inte an att bara sitta och vila. Det var ett slit du, det kan jag säga. Alla fick jobba.

Stan – Det fanns väl jobb då.

Lilly – Det kan du ge dig på. På bilfabriken fanns det hur mycket jobb som helst, farsan var nästan aldrig hemma, fast det var ju innan det där kriget, sen kom han ju bara hem en gång till och det var i bitar.

Stan – Du skulle väl ha behållit en bit och lagt i hyllan, så hade ni kunnat se på bio så mycket du ville.

Lilly – Stan!

Stan – Ja, du snackar ju inte om annat än farsan, farsan, hur bra det var förr. Tror du att det är så lätt då, att få ett jobb i den här hålan. Tror du inte att jag har försökt. Det är som om man har hamnat i nån återvändsgränd. Går man dit så har dom inte tid, skickar man in en ansökan så slänger dom väl skiten direkt. Dom vill inte ens veta av en, det är väl så dom vill ha det, att det ska gå åt helvete med såna som oss.

Lilly – Du har väl inte gett upp?

Stan- Det kan du ge dig fan på att jag har... Jag ger upp hela tiden.

Tyst en stund.

Lilly – (*Tar fram ett kuvert ur lådan på soffbordet*) Jag fick det här... (*Läser*) Lilly Parker... det är ju jag det... Det har beslutats att min efterlevandepension ska upphöra... läs själv vad det står... (*Ger Stan Brevet*) Dom ska ta bort min försörjning. Först tog dom farsan ifrån oss och nu vill dom inte betala för det längre. Jag förstår inte vart vi ska ta vägen då. Jag har ingen morsa som jag kan bo hos som du har.

Stan – Nä. Vad vill du att jag ska göra. Ska jag gå med i armén som farsan...

Lilly – Det var ju inte mycket, men det var vad vi behövde...

Stan – Ja.

Lilly – Det går utför med det här landet, det är säkert det... Man krigar sig i fördärvet och sen slätar man över det hela med reklam. Som om ingen i det här landet kan tänka själv. Köp dig fri. Köp dig lycklig, köp dig till döds. Vi har förlorat det kriget också, det har vi...

Stan – Jag går ut.

Lilly – Man kan inte ens se på en vanlig film längre, är det den amerikanska drömmen det.

Stan – Drömma kan man ju alltid…

Lilly – det var bättre förr…

Stan – Jag går ut sa jag.

Lilly – Jaha, vart ska du?

Stan – Vet inte. Jag går väl till macken. Har du några dollar?

Lilly – Vad tänkte du köpa?

Stan – Några öl kanske, det är gott när det är så varmt.

Lilly – (*Ger honom några mynt*) Hälsa till den där flickan från mig… och Tom också om du ser honom. Alltid på språng han, mycket att göra på hotellet.

Stan – Det ska jag. (*Tar mynten och börjar gå ut.*)

Lilly – Stan. Du kan väl be den där grabben komma in till mig också, om du ser honom, han kanske kan hjälpa till och slänga lite gammalt skit.

Stan – Ja, ja.

Lilly – Han kan få en slant också, för besväret.

Stan – Visst. (*Går iväg.*)

Lilly –Det är inget vidare att bli gammal i det här landet längre, förr var det bättre, då fanns det värden och traditioner. Det var bättre förr, det är då säkert det. (*Tittar åter igen ut genom fönstret.*) Det var bättre förr... Det var det, allting var bättre...

Del 2.

Macken.

Roller:

Jenny

Willie

Stan

En kund

En Knivhuggen person

Platsen är en liten bensinmack utan speciellt mycket kunder. De har ett ganska litet sortiment för en passerande, lite specerier, godis och det nödvändigaste för bilen. Bakom en disk och kassamaskin sitter Jenny; en yngre butiksexpedit och läser förstrött i en bildtidning. Hon har en bordsfläkt på och spelar musik på lite för hög volym. En kund plockar lite förstrött på sig av det man har att erbjuda och kommer sedan fram till disken med expediten.

Jenny – Letar du efter något?

Kunden – Batterier, jag skulle ha batterier. Har ni inga såna?

Jenny – Viken storlek?

Kunden – Mellanstora... Det var en ordentlig värmebölja vi har nu...

Jenny tar fram ett paket batterier och lägger på disken, sänker musiken.

Jenny – Det kan man säga... två och femtio för dom.

Kunden – Dom säger att det ska bli storm också.

Jenny – Jasså!

Kunden – En sån där riktig storm, Orkan...

Jenny – Det kan man inte tro i värmen.

Kunden – Kanske bäst att slå igen och hålla sig inomhus framöver då...Och så dom här. (*Lägger lite andra varor på disken bredvid batterierna.*) Till CD-spelaren och lite godis.

Jenny – Jaha.

Kunden – Kan ju vara bra att ha.

Jenny – Kanske det. Ska ni resa långt.

Kunden – Nej för tusan. Jag ska jobba på ett stort bygge här, det är alldeles i närheten.

Jenny – Jaha ja. Bor ni på hotellet?

Kunden – Nej vi sover över i baracker på arbetsplatsen. Nära till jobbet. Men det kan ju bli lite ensamt och tråkigt där. (*Lyfter menande upp en av godispåsarna.*)

Jenny – Det var synd det, eller jag menar, dom har ju lite dåligt med gäster på hotellet, att ni inte bor där alltså. Det kommer inte så mycket folk förbi här precis.

Kunden – Kanske blir ändring på det... Om det ska byggas, alltid drar det väl hit någon.

Jenny – Kanske det. Var det allt?

Kunden – Nej, jag skulle tanka också.

Jenny – Det gör du själv därute, Kortautomat. Det är väl det enda moderna vi har här. Dom tyckte väl att det var värt att satsa på det när man kunde spara in på anställda istället.

Kunden – Man vet ju aldrig, det kanske blir bättre.

Jenny – Ja. (*Slår in på kassamaskinen*)...Fyra och nittio då.

Kunden betalar.

Kunden – Tack.

Jenny – Du ska inte ha nåt svalkande i värmen då.

Kunden – Nej, jag klarar mig nog. (*Går ut*)

Jenny höjer volymen på musiken igen och försjunker på nytt in i sin tidning. Efter en stund kommer Kunden in på nytt.

Kunden – (*Försöker överrösta musiken*) Du jag tar nåt att dricka i alla fall.

Jenny – I kylen där bakom, gräver du lite så är det nog kallare.

Kunden går in bakom en hylla och kommer fram igen efter en stund med några öl. Jenny räknar.

Tre och femtio...

Kunden – (*Betalar*) Ja visst, tack då.

Jenny – Vad är det ni ska bygga där borta egentligen?

Kunden – Nåt stort center tror jag väl, shopping, sjukvård, restauranger kanske. Det blir nåt stort i alla fall, det är säkert.

Jenny – Jag kan då inte fatta varför man väljer att bygga nåt här, i den här hålan, vem fan skulle komma hit för att handla.

Kunden – Det finns inga gränser för hur mycket folk kan shoppa i det här landet, det kan man då säga. Ju tråkigare man har desto mer vill man handla.

Jenny – Men här, jag fattar inte hur dom tänker...

Kunden – Ja, det bestämmer ju inte jag, men det blir säkert bra, det blir ju jobb i alla fall.

Jenny – Ja, man kanske skulle söka där då. Här kan man ju inte gärna stanna hela livet.

Kunden – Kanske det, eller, jag vet inte…

Jenny – Var det bra så?

Kunden – Ja, jag kommer väl tillbaka om jag vill ha nåt mer… (*börjar gå mot dörren, men stannar upp*). Du, det står nån gubbe därute, jobbar han också här eller?

Jenny – Han? Nej…

Kunden – Vadå, står han bara där? du är inte orolig för…

Jenny – Han har stått där i flera dar nu.

Kunden – Vad gör han då?

Jenny – Det vet väl inte jag, han väntar väl på nån. Det kan stå mycket konstigt folk här ute. Folk åker ju förbi hela tiden, då och då i alla fall. Inte fan kan man veta vad det är för folk som dyker upp, som du till exempel.

Kunden – Nej det är klart, det är väl här man stannar.

Jenny – Ja, det roligaste man kan göra här är väl att tanka.

Kunden – Och köpa godis…

En ung kvinna kommer in genom dörren och går rakt fram till disken och den första kunden går.

Willie – Jenny, nu har jag värsta grejen på gång…

Kunden – Hej då.

Jenny – Hej.

Willie – Vem var det?

Jenny – Vem då?

Willie – Han, han som gick.

Jenny – En kund.

Willie – Det såg ut som... du vet...

Jenny – Nej.

Willie – skådisen... vad hette han?

Jenny – Inte vet jag.

Willie – Fast han är väl död nu, så det kan det ju inte vara.

Jenny – Säkert inte då.

Willie – Det är varmt ute nu du, nästan så man börjar tröttna va?

Jenny – Jag klarar mig, jag har ju fläkten...

Willie – (*Pekar mot CD-spelaren som fortfarande spelar musik.*) Har du skaffat den senaste! Får jag se... (*Jenny räcker henne ett CD-omslag*) Fan alltså! Den skulle man ha. Kolla bara, vad jävla snygg han är. När fick du tag på den?

Jenny – Idag... kom till butiken i morse.

138

Willie – Vadå! Har du snott den?

Jenny – Är du dum eller... jag jobbar ju här. Man kan väl få lyssna på en skiva.

Willie – Får jag låna den sen, alltså efter att du, jag menar nu är den ju använd redan... så det blir lite som att köpa den fast gratis. Du fattar vad den skulle funka på...

Jenny – Vad var det du ville?

Willie – Ja just ja, det hade jag redan glömt, vi tänkte köra en sån där barbecue,

Jenny – Barbecue! I den här värmen?

Willie – Det var grabbarna som tänkte, som en sån där sommargrej. Ska du med?

Jenny – Jag stänger inte förr än om en timme.

Willie – Äh, slå igen skiten, vem skulle märka det. Inte jag i alla fall.

Jenny – Nä, du skulle ju inte märka om nån skar av dig huvudet och tog det med sig.

Willie – Va fan Jenny. Alla ska ju dit, klart att du ska med istället för att hänga här på nån gammal mack.

Jenny – Jag vet inte Willie...

Billy kommer in i butiken och går in bakom hyllorna.

Willie – Det är väl ingen som åker förbi här nu.

Jenny – Det vet man aldrig.

Willie – (*Efter en stund*) Vad hette han nu… han som du gillade.

Jenny – Tom Cruise.

Willie – Han är väl inte död.

Jenny – Nej det får man hoppas.

Willie – Ja just det, det var precis likt. Var det han? Tänk om han var där va!

Jenny – Du är ju fan knäpp på riktigt.

Willie – Men den där CD-n, får man låna den.

Jenny – (*Ser efter Billy*) Du grabben! Ska du köpa nåt, eller är du här för att stjäla?

Billy – Jag!

Jenny – Ser du nån annan här eller?

Billy – Jag skulle bara…

Jenny – Om du inte ska ha nåt behöver du väl inte stå här och hänga.

Billy – Nej….

Billy går ut ur butiken.

Willie – Vad var det med honom?

Jenny – Han skulle nog inte köpa nåt i alla fall.

Willie – Det skulle vara otroligt, Tom Cruise, fattar du vilken grej, vad köpte han?

Jenny – Det var ju inte han fattar du väl, det var bara nån byggjobbare.

Willie – När jag blir känd, typ skådespelare i Hollywood...

Jenny – Det tror jag säkert.

Willie – Jag vet ju att jag är snygg och så... Då kommer du att fatta, alltså Hollywood, bara jag kommer dit. Det kommer bli så fett. Men det är ju så svårt att bli upptäckt bara.

Jenny – Jag fattar...

Willie – Nej du fattar ingenting, du vill jobba här på nån jävla mack, vad är det för nåt. Jag vill i alla fall bli nåt. Inte bara nån nolla som alla bara glömmer bort.

Jenny – Vem är det som är en nolla menar du?

Willie – Dom andra, dom som inte fattar, ja inte du och jag för vi vill ju bli någonting. Du vill väl inte sitta här hela livet?

Jenny – Nej.

Willie – Ska du med då?

Jenny – Och vem skulle upptäcka dig där då?

Willie – inte nu... Jag menar sen. Men Elliot skulle dit och honom vill jag träffa nu, jag vill i alla fall inte gå ensam så du bara måste följa med.

Jenny – Fattar du inte att jag jobbar, det gör ju inte du. Ska du ha nåt eller?

Willie – Jag skulle ju ha öl med mig... (*Går och hämtar några ölflaskor.*).. Och den där CD-n om det är ok, det skulle vara skönt på festen. Jag lovar att det är skitmycket killar som skulle gilla att du kom.

Jenny – Jag kan väl komma sen, när jag har stängt och låst igen här.

Willie – Ja det kan du ju förstås, fast det känns inte lika bra att komma ensam, ja du fattar...

Jenny – Jag kommer sen, ok.

Willie – Kunde jag ta den där skivan?

Tar ut CD-n ur CD spelaren och ger den till Willie.

Jenny – Ta den då.

Willie – Schysst. Du får igen den sen. Är det OK om du får pengar av mig sen, för ölen alltså.

Jenny – Du är helt otrolig.

Willie – Jag ger dig imorgon, på heders...

Jenny – Jag skriver upp det här.

Willie – Fan va bussigt. Det ska jag komma ihåg alltså.

142

Jenny – Det får man hoppas.

Willie – (*Går mot dörren*) Säkert att du kommer sen då?

Jenny – Ja.

Willie – Då ses vi där då.

Jenny – Visst.

Willie tar ölen i en påse, går ut och Jenny sätter i en ny CD i spelaren och börjar plocka lite som för att städa ihop för kvällen. Efter en liten stund Kommer Willie tillbaka fast utan påsen och blir stående i dörren, förstummad och likblek.

Jenny – Redan tillbaka, det var en kort barbecue... Vad är det?.. Vad är det med dig?

Willie – Det är en gubbe där ute.

Jenny – Ja, vad är det med det?

Willie – Alltså, det ligger en gubbe... Jag tror han är död... eller kanske, det är en jävla massa blod i alla fall... Det ligger en död gubbe som kanske är död där ute.

Jenny – Vad snackar du om, var då nånstans?

Willie – Här utanför, vid toaletterna. Så gnydde han liksom när jag gick förbi.

Jenny – Gnydde? Då är han väl för fan inte död.

Willie – Nej det kanske han inte är, men han såg jävligt död ut i alla fall. Vad ska vi göra Jenny? Det var skitmycket blod.

Jenny – Vi får väl gå ut och hjälpa honom.

Willie – Gå ut! Är du inte klok. Han kanske är kvar därute.

Jenny – Vem då?

Willie – Han som går runt och dödar folk, han kanske är kvar därute. Står där och väntar, på oss kanske. Lås dörren...

Jenny – Vi kan ju inte låta honom ligga där.

Willie – Nej, men vad ska vi göra då?

Jenny – Vi får släpa in honom hit.

Willie – Hit!

Jenny – Ja vad fan trodde du, han kanske dör därute.

Willie – Kan han inte få ligga kvar där, vi kan ringa polisen.

Jenny – Klart vi ska ringa polisen, men han måste ju få hjälp fattar du väl, eller var är du född, på Pluto?

Willie – Jaaa!

Jenny och Willie går ut och det blir tomt i butiken där man bara hör musiken från CD-spelaren. Efter en stund kommer de tillbaka släpande på en till synes livlös man i en alldeles nedblodad vit skjorta. De släpper honom alldeles innanför dörren.

Willie – Här kan han väl inte ligga.

Jenny – (*Pekar en bit in i rummet*) Vi lägger honom här. (*Släpar mannen en bit in i rummet.*)

Willie – Vad ska vi göra nu då?

Jenny – Jag vet inte, jag måste tänka.

Willie – Det är skitmycket blod. Har aldrig sett så mycket blod Jenny, skitmycket.

Jenny ser efter hur det är med mannen, konstaterar att han lever och tar ett paket med blöjor från en hylla, som hon river upp och lägger ovanpå mannens sår.

Jenny – Håll det här så han inte förblöder. (*Går iväg och ringer ett samtal.*)... Hej, det är Jenny på macken... Vi har en jävla situation här, nej det är inget jag kan fixa själv... det ligger en gubbe på golvet och håller på att förblöda, du får ringa hit en ambulans. Du får ringa polisen också... Han är knivskuren för fan, det är ingenting jag kan fixa, vad tror du! Kom om du vill, men ring för fan så stänger jag.... (*lägger på*)

Willie – Kommer det nån ambulans? det funkar inte, vad ska jag göra?

Jenny – Inte vet jag! Hålla honom vid liv. (*Lägger händerna på bindorna.*) Var är han skuren? (*Kontrollerar* *såret*) Vi lägger honom på sidan så rinner inte blodet ner i båda lungorna. (*De Vänder på mannen.*)

Willie – Vem är det då? Var kommer han ifrån?

Jenny – hur ska jag veta det.

Jenny rotar i mannens fickor och hittar en plånbok som hon slänger åt Willie. Hon tar fram ett papper som hon tittar på.

Willie – Bill... eller Biff... äh, det går inte att se vad det står.

Jenny – (*Skämtsamt*) Buffalo Bill då...

Willie – Alabama! Det står att han är från Alabama. Vad gör han här?

Jenny – Hur ska jag veta det.

Willie – Vem kan ha gjort det.

Jenny – Ingen aning.

Willie – Jävligt läskigt, vem kan det vara?... Kan det vara han... Du vet... Tom Cruise.

Jenny – Det var för fan inte Tom Cruise. Det var nån annan, nån byggare, han var inte ens lik. När ska du fatta.

(*Stan kommer in i butiken och blir stående i dörren*)

Stan – Vad är det här! Vad är det som har hänt?

Jenny – Stick. Vi har stängt

146

Willie – Nån har knivskurit honom.

Stan – Knivskurit?

Jenny – Ja, eller hör du dåligt.

Stan – Vadå! Låg han bara där?

Willie – Nej, ute, jag hittade honom ute. I buskarna vid toaletterna.

Stan – I buskarna?

Willie – Ja för fan, i buskarna.

Stan – Man hittar väl inte bara en snubbe i buskarna. Har han dött?

Jenny – Vet inte, men det kommer han nog att göra om du tänker stå där och snacka.

Stan – Vem är det som har gjort det.

Willie – Vet inte. Tom Cruise.

Stan – Tom Cruise?

Jenny – Skit i det och stick. Polisen är väl här när som helst.

Stan går tveksamt därifrån.

Willie – Vad fan ska vi göra.

Jenny – Vänta.

Willie – Hur blir det sen då. Nu kan jag inte gå på den där festen, kolla för fan, jag är alldeles blodig. När kommer den där jävla ambulansen...

Jenny – Lugna ner dig.

Willie – Lugna ner mig! Hur ska man kunna göra det? Jag sitter här med en blodig jävla gubbe i knäet, du kan få byta med mig alla gånger i världen. Jag fattar ingenting. Hur i helvete är det möjligt att jag ska råka ut för det här just i dag. Jag fattar inte...

Jenny – Helt obegripligt. (*Går och låser dörren*)

Willie – Jag vill åka härifrån.

Jenny – Nu får du stanna tills det kommer nån.

Willie – Men om nån kommer och rånar oss och hugger ner oss med.

Jenny – Det ska inte komma nån och hugga ner dig i alla fall. Jag har låst dörren. Hur är det med honom?

Willie – Jag vet inte... han är så stilla. Håller han på att dö tror du?

Jenny – (*Ser efter så mannen andas.*) Det verkar inte så, han kanske har svimmat.

Willie – Jag har aldrig sett nån dö förut.

Jenny – Vilken tur.

Willie – Det är inte som på film precis. Då går det fort… man slipper se dom andas och blöda…

Jenny – Kanske det.

Willie – Hur ska det gå för honom då?

Jenny – Vadå?

Willie – Om han dör menar jag.

Jenny – Ja.

Willie – Om han dör på riktigt.

Jenny – Ja?

Willie – Inte som på film alltså utan på riktigt riktigt.

Jenny – Ja.

Willie – Jag menar… tänk om han dör… Om han inte är kristen då, kommer han till himlen då eller blir han utslängd därifrån. Vad tror du? Det kanske finns en särskild himmel för dom som inte är kristna, eller så är det som att gå in i ett helt mörkt rum och liksom bli kvar där.

Jenny – Inte vet jag. Hur kan du tänka på sånt.

Willie – Tänk om man inte kommer till nån himmel överhuvudtaget då. Vad tråkigt det skulle vara.

Jenny – Många skulle nog känna sig rätt blåsta i alla fall, det kan man nog säga.

Willie – När kommer dom?

Jenny – Jag vet inte Willie, snart.

Willie – Det skulle väl komma en ambulans va?

Jenny – Det skulle det säkert.

Willie – Ok. Säger du till om han dör på riktigt, jag vill inte sitta här om han är död på riktigt, det vill jag inte.

Jenny – Vi behöver bara sitta här tills dom kommer, det är inget mer vi kan göra just nu.

Willie – Men om han är riktigt riktigt död, då går jag.

Jenny – Du får göra vad du vill om han dör, men nu väntar vi.

Willie – Ja ja.

Jenny – Snart kommer dom säkert.

Willie – Det är inte så mycket vi kan göra då.

Jenny – Nej, inte mycket alls.

Willie – Kanske kan sjunga en sång.

Jenny – Helst inte.

Ljuset går ner kring flickorna på golvet och genom fönstren kan man skymta blåljus som närmar sig.

Indianens sång

II.

From the tree of trees, tears will fall

Rain of cloves and buttercup flow

No cry with laughter or tears of joy

But a dark and hollow final call.

A giant treasure meant for some

But no one sees the kingdom come.

Carelessly as the storm goes by

Another nation is roaming high

While falling from the edge.

Del 3.

Tom och Becky

Personer:

Becky Freeman

Tom Freeman

Röster från en nyhetssändning

En liten och ganska sliten hotellbostad, det är en varm kväll i slutet av sommaren. Lite kläder hänger på tork i rummet. Tom och Becky sitter i varsin ände av en soffa eller liknande, Becky i morgonrock och ett par rosa lite luddiga tofflor och en handduk runt huvudet, Tom i sina jobbarkläder. Tom läser tidningen medan Becky anstränger sig för att se på teve samtidigt som hon förstrött lägger ett pussel hon har på ett bord framför sig och förgäves försöker svalka sig med en batteridriven handfläkt.

Becky – Hur kan det vara så jäkla varmt hela tiden. Tom, kan du inte försöka få nån fart på den där fläkten.

Tom – Mmm, det funkar inte.

152

Becky – Det märker jag väl, men det går ju inte att tänka i värmen.

Tom – Inte mycket att göra åt det nu. Becky, dom skriver om bilfabriken här.

Becky – Det säger du.

Tom – Kan du tänka dig va! Att dom ska lägga ner bilfabriken.

Becky – Ja, visst. Det är väl ingen som vill åka hit och köpa bil, det kan man nog fan begripa.

Tom – Lägga ner och lägga ner förresten, det ska väl flyttas till Kina som allt annat nuförtiden.

Becky – Ja det finns bra mycket människor som kan köra bil i Kina, det kan jag säga dig. Där finns det mycket folk.

Tom – Konstiga människor dom där kineserna, hur kan dom ha så mycket pengar, är det inte bara en massa fattiga kommunister i Kina?

Becky – Va?

Tom – Hur ska dom kunna bygga bilar om dom är så fattiga, vad ska det bli? Dodge Stalin... Ford Kai check (*Skrattar till*) Kim il Buick....

Becky – Ja inte vet jag.

Tom – Det är som med indianerna, går inte att lita på, försöker ta över hela landet.

153

Becky – Är du idiot på riktigt! Det är väl för fan inga indianer som tagit över något land. Det var ju dom som kom sen.

Tom – vadå! Negrerna?

Becky – Så kan du väl inte säga.

Tom – Va!

Becky – Fattar du inte vad man säger, Man kan inte säga så.

Tom – Vadå? Negrer.

Becky – Ibland är du så jäkla fördomsfull.

Tom – Vadå!

Becky – Du ska inte säga negrer, ditt ägg. Bara gamla och idioter som gör det.

Tom – Vad tycker du jag ska säga då?

Becky – Säg vad fan du vill, svarta, afroamerikaner, amerikaner. Herregud!... till och med presidenten är ju...

Tom – Han har tur han, som bara är svart. Bush var ju idiot också.

Becky – Vad skulle dom ha tagit över då menar du! Harlem globetrotters?

Tom – Vita huset...

Becky – Ja men... indianerna... är du dum i huvet, ser du aldrig på teve.

Tom – Nej jag försöker läsa tidningen.

Becky – Men gör det då, så jag kan få koncentrera mig på det här. (*pekar mot pusslet och teven*). (*efter en stund*) ... Apropå Buick, hur länge har den där rishögen stått där ute egentligen, är det en månad nu?

Tom – det vet jag inte, ett par veckor kanske.

Becky – När tror du att dom tänkte betala för sitt rum då?

Tom – Jag vet inte...

Becky – Och du ska driva hotell du. Den här värmen får du då ingen ordning på. Det går verkligen inget vidare det här?

Tom – Jag får lite hjälp av Billy ibland, tömma soporna och springa ärenden.

Becky – Men några pengar får du inte.

Tom – Inte av Billy...

Becky – Tom för fan! Billy är ju bara en grabb.

Tom – Det är väl inte så bara det.

Becky – Dessutom verkar han lite konstig.

Tom – Han är i alla fall bra på att hjälpa till med saker.

Becky – Tror du att du kan driva ett hotell utan att ta betalt av gästerna. Det går så där, håller du inte med? Du kan inte få den här AC-n att fungera i värmen och några pengar får vi inte in så att det går att rusta upp det här stället heller.

Tom lägger ifrån sig tidningen och går för att ta en titt på AC-n.

Tom – Jag vet faktiskt inte hur jag ska få det att fungera. Det verkar vara något elfel, det verkar inte spela någon roll om jag slår på den eller lägger i pengar.

Becky – Du kanske borde höja priset på rummen, då kunde vi få gäster som hade råd att betala.

Tom – Eller ingen alls…

Becky – Du kan mycket du, men att driva hotell hör inte till dina riktigt starka sidor, det kan man då säga.

Tom – Jag kan då inte säga att jag får så vidare stor hjälp av dig heller.

Becky – Och vad skulle jag göra då som jag inte redan gör, jag tvättar dina kläder och vem skulle göra det annars, jag har då aldrig sett dig tvätta nåt.

Tom – Du kan ju börja med att stänga av den där jävla teven nån enda förbannade dag. Det går ju åt helvete det här om jag ska vara ensam om att sköta allt.

Becky – Det var väl inte mitt projekt att starta ett hotell i en sån här skithåla. Det var det du som ville, eller har du glömt det. Jag ville inte starta något jävla hotell överhuvudtaget. Så nu får du skylla dig själv.

Tom – Vad snackar du om? Du visste mycket väl vad vi gav oss in på när vi köpte det här stället.

Becky – Jag sa aldrig att jag ville.

Tom – Men du visste. Det sa du. När du jobbade på Queen Mary. Du ville inte jobba på den där jävla båten längre, kommer du ihåg det. Du ville hellre ha något eget.

Becky – Jag ville i alla fall inte driva något gratishotell, det är då säkert.

Tom – (*Suckar*) Ändå sitter du här med mig.

Becky – Vad är det som säger att det är vad jag vill då?

Tom – Nu fattar jag ingenting, du ville först och nu vill du fan i mig ingenting.

Becky – Kan du inte bara hålla käften så jag får se på det här. Jag missar ju hela skiten. Fixa bara AC-n och se till så pengarna kommer så löser det sig nog. Det är ju åt helvete att vi ska sitta i det här svetthålet och bara vänta på undergången, med eller utan kineser.

Tom – Var det därför du gifte dig med mig, för att sitta här i din unkna morgonrock och klaga, det hade du väl kunnat göra färdigt med den där Ben eller vad fan du kallar honom.

Becky – Benny. Är du fortfarande sur över det. Ibland är du är så jäkla barnslig, det var ju långt innan du fanns. Gå ut och se till att få in lite pengar till det här ödehotellet istället för att störa mig.

Tom – (*Efter en stunds tystnad*) Du den där indianen som står nere vid macken...

Becky – Jaha.

Tom – Ja det står en snubbe borta vid macken, nån indiantyp.

Becky – Vad är det för en jävla indian?

Tom – Inte vet jag, han har stått där i flera dar nu. Jag har sett honom när jag gått förbi, han gör liksom inget, bara står där som en sån där gammal tobaksindian, fast utan en sån där... (*Visar med händerna där indianskruden skulle ha varit*) Undrar vad han gör där.

Becky – Kanske väntar på bussen.

Tom – I flera dagar!

Becky – Hur ska jag veta det, han kanske tigger, det finns faktiskt såna som gör det.

Tom – Jag tycker att han verkar lite otäck på nåt kusligt sätt. Liksom iakttar en, stirrar på alla som om han planerade nåt... Ett rån kanske, tänk om han ska råna macken.

Becky – Men det var väl ett jäkla tjat om indianer, negrer och kineser. Har du hakat upp dig? Vad tänkte du göra åt det då? Ge honom bostad här i din lilla välgörenhetsinrättning. Han har väl nån anledning att stå där, det är väl för fan inget som jag kan göra något åt. Om han ville råna

158

någon skulle han väl ha gjort det för längesen och inte stå kvar där. Det fattar ju vem som helst. (*Becky viftar och gestikulerar med handfläktan så att en hög med pusselbitar flyger ner på golvet.*) Knip igen nu och gå iväg och prata med dina hyresgäster om betalningen istället för att sitta här och snacka. Och stå inte i bitarna!

Tom tar muttrande på sig en keps och går ut ur rummet. I farten trampar han på en av pusselbitarna som fastnar under hans sko. Så fort han lämnat rummet börjar Becky krypa omkring på golvet för att leta efter alla pusselbitar. Hon räknar bitarna hon hittat och räknar dem ännu en gång för att inse att en bit saknas och nu verkar vara spårlöst borta.

Becky – Jag är helt säker på att det var… Nu fattas det en bit också. Vart tog den vägen nu då? Det var väl fan, den kan väl inte bara försvinna. Ååhh! Nu går det ju aldrig att lägga det här jävla pusslet. Piss också, det är som med det här livet. Sitta i en sånt här rövhål och glo va. Gå omkring här och tycka att man är nån hotelldirektör, det går bra det, men få pengar så att det går ihop… Var fan är den nu då… Tom din fan, om du bara inte hade släpat ut mig till den här hålan. Stirra på indianer… ha… men det är väl det enda man kan göra här antar jag. Stirra på stirrande jävla indianer…. Var är den där fjärrkontrollen nu då…

Mitt i krypandet stannar hon upp och ser på ett inslag på teven som handlar om en storm som är på väg. Hon sträcker sig efter fjärrkontrollen och höjer ljudet på teven.

Röst från teven – ...Man tror att det här kommer att bli den värsta stormen sedan Katrina som ju ödelade stora delar av södra USA hösten 2005. Om man ska tro meteorologerna, så är det just när den långvariga värmeböljan med ett ihållande högtryck över inlandet möter ett inkommande lågtryck som den här typen av väderfenomenen uppstår. Det man är särskilt orolig för nu, är att den mängd vatten som stormen för med sig, tillsammans med mycket kraftiga vindar kommer att orsaka stora störningar i kommunikationsnätet i de södra delarna av landet. Prognosen säger att den kommer att komma in över landet om två till tre dagar, men det är först som den når Cuba och Mexiko som man verkligen kan se effekterna av den. Myndigheterna har ännu inte gått ut med någon orkanvarning, man har heller inte påbörjat någon evakuering utan inväntar flera prognoser om orkanens styrka. (*Till en sakkunnig i studion*) Kan man säga att det är en ny Katrina vi kommer att få se?

Sakkunnig i tevestudion – Helt säker kan man som sagt inte vara, men det går ändå inte att utesluta att det är en ordentlig storm vi kommer att få se prov på.

Röst från teven – Ja, det bästa är nog i alla fall att säkra upp allt löst och hålla sig själv inomhus så länge man kan...

Becky – (*Sänker ljudet på teven, fortfarande på knä mitt på golvet*) Det var som fan, (*Ropar utåt*) Tom! Tom, hörde du? Nu jävlar får du se till att laga taket till garaget. Han hör nog, det gör han, men skiter i det som vanligt den latmasken, Tom!...

160

Röst från teven – ... Är det så att det vi ser nu är ett resultat av den globala uppvärmningen?

Sakkunnig i tevestudion – Ja nu är det ju inte första gången det stormar i den här delen av landet, men det kan ändå inte uteslutas att vi faktiskt kommer att få vänja oss vid liknande väderfenomen. Som vi allt oftare ser i bilder från övriga världen, så har väderkatastrofer blivit allt vanligare och mer förödande för människor, vilket ju talar för att det kan vara en konsekvens av mänsklig påverkan och att det är den globala uppvärmningen vi faktiskt ser prov på nu...

Becky – Ja nog känner vi av värmen allt, nåt annat kan man inte säga... (*Ropar*) Tom!... Tom.

Tom – (*Kommer in*) Becky... jag var bort till... till Billy och han den där andra som du sa och dom hade fan också fel på sin AC, det måste vara fel på nån säkring eller nåt...

Becky – Hör du inte när man ropar på dig?

Tom – Hur skulle jag kunna det, jag var ju där borta hos...

Becky – Fick du några pengar då?

Tom – Nej, inte nu men det skulle ordna sig med nåt jobb sa han.

Becky – Det får vi då fan hoppas att det inte är på bilfabriken.

Tom – Varför sitter du på golvet?

Becky – Det ska bli storm.

Tom – Nu!

Becky – Inte nu, din jävla idiot. Jag letar efter en pusselbit, kan du se någon sån? Ge mig glasögonen.

Tom – (*Ger henne glasögonen som ligger på bordet*) Jo jag tror att det nog kan vara nån säkring som gått, jag får fixa det imorgon när det är ljust.

Becky – Det är nog bäst det.

Tom sätter sig med sin tidning igen medan Becky letar vidare på golvet.

Becky – Det skulle bli storm sa jag.

Tom – Ja...

Becky – Står det ingenting om det i den där jävla tidningen.

Tom – (paus) Va?

Becky – Om stormen, står det nåt i tidningen. Alltså ibland är du så jäkla trög så till och med en snigel skulle kunna tröttna.

Tom – Varför envisas du med att vara en sån kärring, kan du inte säga något snällt nån enda jävla gång. Nej, det står fan i mig ingenting, jag bara tittar på bilderna som du med

162

din teve. I morgon ska jag fixa AC-n, så kan du sluta muttra nu.

Becky reser sig från golvet.

Becky – Jag kan ge mig fan på att du har tagit den där biten, du har säkert gömt den för att jag inte ska kunna lägga hela pusslet. Så jävla gement. Precis som när du tjatar om den där Benny hela tiden fast jag inte har sett honom sen vi gifte oss. Du vill att jag ska må dåligt va? att jag ska lida hela tiden.

Tom – Det är väl inte jag som tjatar om Benny, det är det ju du som gör hela tiden om du inte har märkt det. Benny gjorde si och Benny gjorde så. Stick iväg till den där jävla Benny då om du så gärna vill. Jag kan nog tänka mig att det är hans våta dröm att få se dig sitta i din morgonrock hela dagarna och se på teve.

Becky – (*Efter en stunds tystnad*) Det kommer bli oväder.

Tom – Ja du sa det.

Becky – Jag tänker sticka härifrån.

Tom – Ska du börja med det där nu igen.

Becky – Det ska jag. Jag är så trött på dig och dina hotell-idéer.

Tom – Vad snackar du om?

Becky – Jag drar ifrån den här skiten, jag ville ju aldrig starta nåt hotell överhuvudtaget. Jag tänker sticka från dig om du inte fattar det.

Tom – Vadå! Ska du tillbaka till den där jävla Benny.

Becky – Släpp det där med Benny för en gångs skull. Jag ska inte till nån Benny, jag ska bort från dig, fattar du. Jag vill inte sitta här med dig nå mer. Jag vill inte höra dina tråkiga grymtningar om nåt tråkigt oväsentligt nå mer. Jag är så jävla trött på dig och den här värdelösa hålan och om det inte ens går att få ett pussel att gå ihop, hur fan ska man då vilja leva här.

Tom – Vart ska du ta vägen?

Becky – Ja inte till Benny om det nu är det som oroar dig.

Tom – Vart ska du åka?

Becky – Jag åker väl hem till morsan antar jag.

Tom – Så nu får de vatten på sin kvarn också, du vet hur det lät, du skulle ge fan i att gifta dig med en sån looser som mig. Den där Tom Freeman ska du ge fan i, sa dom. Gifter du dig med honom är det som att gifta sig med en get... du kommer att få äta gräs. Var det inte så?

Becky – Ja du är en tråkig jävel du, det kommer man inte ifrån.

Tom – Och vad fan skulle Benny ha bjudit på då? Chokladpudding.

Becky – Inte fan vet jag.

Tom – Men det var mig du gifte dig med, inte han eller nån annan, med mig. Kommer du ihåg det. Tom!- som i "Tom jävla Sawyer"- i lust och nöd. Fattar du vad det

164

innebär. Dina föräldrar kan ta sin föråldrade stolthet och köra upp den i sitt förfinade jävla arsle. Vore du en riktig fru borde du fatta att det är din plikt att göra vad du kan för att få det att funka utan att sitta här och klaga dig igenom livet som en annan mask.

Becky – Men jag vill inte vara här längre. Du kan ju ingenting, gör ju ingenting. Du kan inte ens laga taket på garaget.

Tom – Vad ska det tjäna till, när det snart bara finns kinesiska bilar kan det lika gärna rasa ihop.

Becky – Du kan inte få AC-n att funka i värmen, du kan inte få folk att betala för sina hotellrum, du kan inte få mig att se någonting i dig som gör det värt besväret att stanna här, du kan inte ens hjälpa mig att hitta en pusseljävlabit, fattar du. Jag vill inte vara här när stormen kommer. Jag vill inte sitta fast i det här hotellhelvetet med dig som enda stöd när allt går åt skogen.

Becky sätter sig ner i soffan igen.

Tom – Nå gör det då, (*Hämtar en väska som han slänger ned lite av hennes tvättade kläde i*) sätt igång och packa med en gång, det går en buss vid nio så om du skyndar dig så hinner du.

Becky – Ja det kanske jag ska.

Tom – Du ska väl inte åka i morgonrocken?

Becky – Det ska väl inte du lägga dig i, jag åker väl hur jag vill förresten.

Tom – Jo det skulle ju imponera på dina föräldrar, det är då säkert det. Dom som är så jäkla fisförnäma, jag skulle vilja se deras min när du dyker upp i det där.... Ska du ha hjälp att packa.

Becky – Nej, det behöver jag inte.

De sitter båda tysta en stund.

Tom – Skulle du inte åka.

Becky – Jag kanske gör det imorgon.

Tom – Ja just det.

Becky – Du ska inte snacka så illa om mina föräldrar du. Det var dom enda som hjälpte oss efter Katrina, eller har du glömt det. Du ville ha det här jävla hotellet och jag hade ingenting att säga till om. Om du hade frågat mig en enda gång så hade vi inte suttit här nu.

Tom – Hade du hellre suttit kvar i det där otäta skjulet, menar du. Vi hade ju ingenstans att bo för fan. Vi ska väl vara glada över att vi inte strök med den gången. Jag tog i alla fall hand om dig, jag lämnade dig inte i sticket den gången eller gjorde jag det.

Becky – Du fick i alla fall hjälp att skaffa det här stället, vad har dina föräldrar hjälpt till med då om man får fråga, skickat en blomma, hur fan ska man kunna snickra ihop ett raserat hus med en jävla blomma. Kan du svara på det.

Tom – Jaha! Så för att din farsa så ödmjukt har hjälpt mig att skaffa ett lån ska jag stå i nån livslång samvetsskuld till honom. Räcker det inte med alla pengar jag är skyldig för det här. Det är inte så att jag ville att det skulle komma nån orkan och riva ner hela skiten för oss och om det inte hade varit så förbannat svårt att få ut nåt från försäkringarna hade ju allt sett annorlunda ut, eller hur. Eller hur hade din jävla Benny löst det.

Becky – Han hade nog inte suttit och skrikit över det som en annan apa.

Tom – Nej, i sin enastående förträfflighet hade han nog brustit ut i några glada tillrop, sjungit en sång, trollat fram pengar ur en hatt kanske.

Becky – Ibland är du så jävla jobbig. Det är ingenting med Benny, kan du inte bara inse det.

Tom – Kan du inte nån enda gång erkänna att du var med Benny på det där konventet. Att det inte bara var någonting för länge sen, utan att du har börjat träffa honom igen.

Becky – Vad snackar du om.

Tom – Du var aldrig på nåt jävla möte säger jag. Jag försökte nå dig där, jag ringde men där sa dom att ingen hade sett dig. Sen pratade jag med han… du vet, han som vi brukade hyra den där stugan av, det var länge sen jag hört något av honom, men han ringde i alla fall och sa att han sett dig och den här andra killen, fattar du. Han frågade om vi flyttat isär eftersom du var ute med Benny eller vem fan det nu kunde vara. Kan du fatta hur det kändes.

167

Becky – Ja, jag träffade Benny där, är du nöjd nu.

Tom – Och hur blir det nu då.

Becky – Vadå?

Tom – Ska du flytta hem till honom nu, är det därför du är så angelägen att komma härifrån.

Becky – Han är i alla fall inte så tråkig som du är.

Tom – När drar du?

Becky – Jag vet inte.

Tom – Flyttar du hem till honom då?

Becky – Nej jag ska inte flytta till honom, jag har bara träffat honom en enda gång sedan vi blev ihop, vi sågs på stan bara, det var allt.

Tom – Det var ett jävla sammanträffande, ni måste väl ha pratat, man kan ju inte bara ses utan att man stämt träff.

Becky – Vi har väl hörts på telefon.

Tom – Det var då fan vad han var angelägen.

Becky – det är väl inget att göra en sån stor sak av.

Tom – Vadå! Ringer och träffas på stan.

Becky – Ja...

Tom – Och sen menar du att jag ska tro att det inte är nåt på gång.

Becky – Ja...

Tom – Först börjar du träffa din gamla kille sen börjar du snacka om att flytta, vad vill du att jag ska tro då?

Becky – Ingenting.

Tom – Ingenting!

Becky – Det var ju ingenting jag gick och tänkte på.

Tom – Vadå?

Becky – Att flytta, Jag ska inte flytta till nån Benny, vi har setts och bytt några ord på telefon, det är allt, resten är ju bara dina fantasier.

Tom – Så det ska inte flyttas nu då?

Becky – Jag vet inte...

Tom – Va fan sa du inget för, varför sitter du och hittar på att du inte träffat nån när du har det.

Becky – Det var ju inget viktigt, jag kunde ju inte säga nåt till dig.

Tom – Och sen kommer du plötsligt på att du ska flytta.

Becky – Jag vet inte, det var ju inte därför.... Det är den här stormen, jag vill inte vara med om det igen.

Tom – Nu fattar jag ingenting.

Becky – Nej, du är ju så övertygad om att det här hotellet är rätt för dig. Stanna här du. Jag vill inte vara här när allt börjar rasa samman igen.

Tom – Vad fan är det som ska rasa nu då.

Becky – Hotellet. Har du svårt för att fatta.

Tom – Det är väl inget som ska rasa här.

Becky – Det sa du förra gången också. Jag vill inte vara med om en sån där jävla Katrina igen, jag har haft min beskärda del av den skiten redan.

Tom – Åker du till dina föräldrar.

Becky – Jag antar det.

Tom – Kommer du tillbaka när det är över.

Becky – Kanske, ska du inte med då?

Tom – Någon måste väl ta hand om det här. Det är ju dom enda tillgångar vi har, eller det är väl bankens egentligen.

Becky – Då får man hoppas att dom har försäkring.

Tom – När åker du?

Becky – Inte idag, i morgon kanske.

Tom – Ska jag hjälpa dig att packa?

Becky – Nej det behövs inte, jag ska inte ha så mycket med mig.

Tom – Ja du kan inte åka i morgonrocken i alla fall.

Becky – Du kanske måste stänga hotellet.

Tom – Tänk om du bara överdriver, det kanske inte är så allvarligt som du tror.

Becky – Du får i alla fall spika igen fönstren innan det börjar storma, ta in allt löst och köra undan bilen, garaget kanske....

Tom – Det ordnar sig nog med det.

Becky – Och se åtminstone till att få betalt innan det börjar rasa.

Tom – Jag måste nog gå ut en sväng nu.

Tom reser sig och går emot dörren.

Becky – Tom, jag ska inte resa för alltid, det var bara som jag sa, att jag skulle lämna dig.

Tom – Javisst.

Becky – Det är ingenting med Benny, du förstår det va? Jag är bara så trött på allt just nu, den här jävla värmen, vädret, att inte ha pengar, att hela skiten rasar ihop runt om oss... Benny kunde låna oss pengar sa han, men det kunde jag ju inte säga till dig... förlåter du mig för att jag är en idiot. Tom, gör du det?

Tom – Ok Becky.

Tom går ut genom dörren och Becky sjunker ihop i soffan.

Becky – Jag ska bara lägga det här pusslet, det måste ju bli färdigt, sen åker jag nog. Jag kan ju inte åka nån stans om det inte är klart….

Det mörknar på scenen tills att bara teven lyser. Till slut slår hon av den också.

Del. 4

Ed och Billy

Roller:

Ed

Billy

Tom Freeman

Stan

Platsen är ett lite slitet och sparsamt möblerat rum, ett av de billigare rummen på motellet. Det finns ett litet bord med två stolar, en obäddad säng och ett litet pentry med kylskåp. På den bakre väggen finns ett fönster med neddragna persienner, en dörr som leder utifrån rakt in i rummet och ett AC-aggregat med myntbetalningsfunktion. På ett bord bredvid en enkel soffa, en telefon. Ibland hör man bilar som kör förbi. Vid bordet sitter Billy och plockar med lite mynt som ett barn som leker med byggklossar. Ed vankar lite oroligt av och an i rummet, undersöker hur han ska få AC-n att fungera och tittar då och då ut genom persiennerna i fönstret.

Billy – Vad ska vi göra?

Ed – Jag vet inte.

Billy – Jag har tråkigt. (*Räknar pengarna*) Ett... två... Jag kan inte sitta så här nå längre, det finns ingenting att göra...

Ed – Vad tycker du jag ska göra åt det då, ta hit en jävla cirkus.

Billy – Ed... Hur länge har vi bott här nu?

Ed – Inte så länge.

Billy – Hur länge är det nu?

Ed – Två veckor.

Billy – Ska vi bo här?

Ed – Inte vet jag.

Billy – Hur länge ska vi bo här då.

Ed – Det var då ett jävla tjat. Knip igen ett tag nu så jag kan tänka lite.... Billy, sitt inte bara där, du går mig på nerverna, hitta på nåt... Du kan väl gå ut eller nåt.

Billy – Det finns ingenting att göra där. Varför är det så varmt hela tiden?

Ed – Det vet väl inte jag, men jag försöker få det att funka på nåt sätt.

Billy – Lägg i ett mynt.

Ed – Vad fan tror du att jag har gjort, den äter ju bara upp dom. Det står här att man ska lägga i ett mynt och trycka på knappen. Jag trycker och trycker, hur hårt vill dom att man ska trycka då? Ska man trycka in hela knappjäveln i maskinen eller vad är det frågan om. Fan! Ge mig ett mynt till.

Ed Tar ett mynt av Billy som han stoppar i maskinen utan att få den att starta och sätter sig sedan uppgivet ner.

Billy – Är det alla pengar vi har det här?

Ed – Det kan man säga, hur mycket är det?

Billy – Jag är hungrig.

Ed – Kan du inte svara på en fråga.

Billy – Tre dollar, minus den där tjugofemcentaren som du stoppade i maskinen. Ska jag inte gå och hämta Mr. Freeman på hotellet så vi kan få tillbaka mynten från maskinen. Jag kanske kan hjälpa honom med nåt.

Ed – Nej, jag orkar inte med honom nu. (*Tittar ut genom persiennerna*)

Billy – Men då kan du ju få tillbaka mynten.

Ed – Varför kan du inte bara fatta nåt direkt. Jag vill inte ha hit nån gubbe överhuvudtaget.

Billy – Men jag är hungrig.

Ed – Ja du sa det.

Billy – Det finns ingenting i kylskåpet. Varför kan vi aldrig ha mat i kylskåpet som morsan brukade ha, vi har aldrig nån mat hemma. Hos morsan kunde man alltid gå och ta något när man blev sugen. Du har aldrig nåt hemma som man kan ta.

Ed – Nä, jag är ingen vidare morsa jag. (*Efter en stund*) Hur mycket hade vi sa du?

Billy – Tre dollar...

Ed – Då får du ta det och köpa nåt. Det räcker väl till bröd och några ägg åtminstone

Billy – ... Men om man får ut nåt mynt ur den där maskinen... Kan du inte låna lite av nån?

Ed – Tror du inte att jag har gjort det, men det funkar inte längre, finns ingen som vill låna ut nåt, och så hyran för det här rummet också. Man kan ju inte skita pengar precis.

Billy – Ska vi flytta igen?

Ed – Jag vet inte, jag skulle ju till det där bygget på fredag. Dom kanske har nåt den här gången. Då kanske det ordnar sig.

Billy – Varför kunde vi inte bo kvar i Alabama! Det var inte så varmt i Alabama. Jag tycker inte om det här rummet, det luktar inte gott, inte som hemma alls.

176

Ed – Du vet förbannat väl varför vi inte kunde stanna, det var ju ditt fel att vi var tvungna att dra, eller har du glömt det.

Billy – Jag hade hamnat i dåligt sällskap, så sa du.

Ed – Ja du hamnar alltid knipa på nåt sätt du.

Billy – Det är väl mitt fel att vi är här?

Ed – Tror du att jag tycker att det är så jävla kul att kuska runt på det här viset, tror du det. Tror du att jag vill sitta i det här råtthålet va. Det kunde väl av nån anledning vara betydligt enklare för alla om du bara kunde sköta dig. Bara håll käften och sluta tjata så ordnar det sig nog på nåt sätt.

Billy – Jag ska vara snäll nu Ed. Jag ska inte göra några fler dumheter.

Ed – Det får vi verkligen hoppas.

Billy – När skulle du till det där bygget.

Ed – På fredag sa jag ju, hör du inte vad man säger.

Billy – Varför kan inte jag jobba, jag vill också vara på det där bygget, jag vill inte sitta här och vänta, jag vill vara med dig Ed. Jag kan faktiskt också jobba.

Ed – Hur länge då? I tio minuter!... Du kan inte få förstöra den här möjligheten, om jag nu ska kunna ordna upp någonting.

Billy – Vad menar du.

Ed – Du får inte följa med fattar du väl.

Billy – Ok.

Ed – Du ska inte träffa eller snacka med någon överhuvudtaget, Inte hotellgubben eller någon annan heller för den delen, har du fattat.

Billy – Jag ska inte snacka med gubben på hotellet.

Ed – Just det.

Billy – Hur blir det då om jag ska handla mat.

Ed – Det får du väl räkna ut.

Billy – Eller den där gubben som brukar stå där utanför macken, du gillar inte honom något vidare, eller hur?

Ed – Skit i honom.

Billy – Men du sa att han var en dryg jävel, en sån där som borde knäppas, tänk om han kommer och måste snacka med mig och stirra så där.

Ed – Varför skulle han göra det. Gå förbi allting bara och gör det du ska, hur svårt ska det vara. Stick iväg och handla nåt att äta, bröd ett par ägg och lite mjölk om det finns.

Ed tar upp en sedel ur fickan som han ger till Billy.

Billy – Har du mer pengar! var har du fått dom ifrån?

Ed – Skit i det du.

Billy – Du sa att vi inte hade nå mer pengar.

Ed – Ja det sa jag! Det är lite man måste ha för oförutsedda händelser, säkerhetspengar. jag behöver faktiskt inte berätta allt för dig.

Billy – Ska jag köpa några öl åt dig om dom har?

Ed – Det kan du göra.

Billy tar pengarna och rusar ut genom dörren. Efter en stund rotar Ed fram en skrynklig papperslapp ur fickan som han vecklar upp, han slår ett nummer på telefonen som står på lappen.

Ed – (*Pratar i telefon*)... Jag skulle prata med Will, jaha, när kommer han då? Du får säga att jag ringt, ja han kan ringa upp när han kommer. Han har numret... Billy! Nä han gick och handlade. Nä, det är bra, eller jag vet inte. Jag är lite orolig för honom. Han är ju lite som han är han, man vet aldrig vad han ska göra. Nej, jag har inte sagt nåt om det...det är ju det här med pengar hela tiden... Säg till Will att jag ringt då, nej det är inte för sent. Ja det ska jag göra...

Ed sätter sig ned vid bordet med ansiktet i händerna och efter en stund knackar det på dörren. Ed tittar ut genom persiennerna och försöker se vem det är. Knackningarna upprepas ett par gånger och till slut känner Tom på dörren och kommer in.

Tom – Jaha, så där är du! Hade du somnat i värmen?

Ed – Går det?

Tom – Stör jag eller?

Ed – Ser jag speciellt upptagen ut tycker du?

Tom – Jag mötte Billy, han såg ut att vara på bra humör.

Ed – Det var ju bra det.

Tom – Sprang förbi bara utan att hinna hälsa.

Ed – Så kan det vara med honom.

Tom – Rusade iväg nerför backen.

Ed – Ja, han skulle till macken och köpa nåt att äta bara.

Tom – Det verkar vara en bra grabb det där, alltid nåt på gång.

Ed – Ja, jag vet inte det jag.

Tom – Apropå det. Du vet väl hur länge ni har stannat nu, eller hur?

Ed – Två veckor i morgon.

Tom – Har allt varit OK?

Ed – Det har det väl.

Tom – Jag vill ju inte vara påfusig men... Vi är uppe i sjuttiofem dollar nu. hundra är ju gränsen, sen måste ni betala för det ni har använt. Det är ju så vi gör här.

Ed – Det kommer ordna sig, jag har ett jobb på gång nu så mot slutet av nästa vecka....

Tom – Ett jobb?

Ed – Jag ska börja på det nya bygget. Redan på fredag, så då kan jag betala dig nästa vecka.

Tom – Ja det är inte gratis att driva hotell i det här landet och pengarna tickar ju iväg hela tiden.

Ed – Det ordnar sig, nästa vecka har du dina pengar.

Tom – Det låter bra det, jag vill ju inte skicka ut er heller.

Ed – Snällt av er... (*Hotellägaren är på väg att gå*) Du den här AC-n, den funkar inget vidare.

Tom – Det är inget automatiskt. Du måste stoppa i mynt i den. Det står på skylten hur man ska göra.

Ed – Det har jag gjort.

Tom – Du kanske inte har lagt i tillräckligt, Det är ju väldigt varmt ute nu. Vi ses.

Tom lämnar rummet.

Ed – (*Tyst till sig själv*)...Och det tror du inte att jag märkt, din jävla utsugare!

Telefonen ringer Och Ed svarar.

Ed – Vad är det! Å, Will, ja jag ringde tidigare. Ja inte är det nåt vidare. Jag vet inte, kanske när den här värmeböljan väl ger sig, det går ju inte att tänka klart och ingen AC har vi som fungerar heller. Nej, jag vet inte hur jag ska få den att fungera, jag tycker jag har pillat på allt. Skitgrejer är det och som vanligt pajar det när man behöver det som mest... Jobbet! Det blir väl inget som vanligt. Nej, gör som vi sa och se till att få det sålt bara, du hade ju en köpare. ja, alltså du får börja. Ja, gå ut hårt och begär en summa som är tillräckligt högt för att du ska bli nöjd med hälften, det hade hon gillat, hon var ju så fäst vid det stället också. Ta inga skambud, sånt kommer man ingen vart med, då vet dom att du kommer att satsa högt så det är ingen idé. Sen kan dom få börja pruta. Ja, ja. Du kommer nog att få det så dyrt som du hade tänkt dig och dom kommer inte fatta att dom är lurade. Det är så det är, bara dom köper och betalar bra, Ja du vet att jag behöver pengarna.

Billy kommer in genom dörren med en blodig kniv, blod på händer och tröja, något andfådd och blir stående utan att säga något.

Vad sa du? Inte vet jag hur mycket du ska begära, du får väl tänka lite själv. (*till Billy*) Vad vill du nu då?

Billy – Va!

Ed – vad fan vill du? (*till telefonen*) Nej inte du, du får vänta en stund. (*Till Billy*) Är du redan tillbaka, har du inte varit och handlat nåt?

Billy – Du vet, den där gubben, du vet, nere vid macken.

Ed – ja, vad är det med honom?

Billy – Han som bara står där vet du.

182

Ed – (*Till telefonen*) Vänta lite. (*Håller för telefonen och vänder sig till Billy*) Vad snackar du om?

Billy – Gubben som brukar stå där borta vid macken, bredvid toaletterna, han som stirrar på mig, fattar du inte vad jag pratar om?

Ed – Nej, har du druckit?

Billy – Jag dödade honom.

Billy går och tittar in i det tomma kylskåpet som för att få lite svalka.

Ed – Vad sa du att du hade gjort?

Billy – Va!

Ed – Vad sa du? Vad fan menar du!

Billy – Jag dödade honom.

Ed – Dödade honom! har du fått värmeslag eller nåt?

Billy – Ja, har du svårt för att fatta, eller behöver jag säga det igen. (*Ed ruskar på huvudet*) Jag dödade honom som du sa, det var faktiskt inte så svårt som jag trodde.

Ed – (*Till telefonen*) Jag ringer upp dig sen. (*Lägger på telefonen och vänder sig sedan till Billy*) Ja, du sa det, men jag fattar inte… vem fan är det du har dödat?

Billy – Vadå är du dum i huvet? Han är död nu, fimpad, borta, finns inte längre, han har tagit sitt sista bloss vid den där jävla macken, precis som du sa att han skulle. Nu vill jag ha stålarna 100 dollar, nej förresten 200 så håller jag käften om hela saken.

Ed – Jag har inte bett om att någon ska dödas, var har du fått det ifrån, jag har inga såna pengar, du får i alla fall inte en spänn av mig om du så går till polisen eller vad fan du väljer att göra.

Billy – (*tar fram en blodig kniv som han fingrar lite på*) Jag såg att du hade pengar som du inte sa något om... Du vet hur vi brukade skjuta på småfåglar och råttor när vi var små? Det var ta mig fan inte ett dugg svårare att ta livet av gubben. Du skulle bli förvånad om du visste hur lätt det var att ta livet av nån. En kniv glider ganska lätt in i en varm kropp, som i smör, om den är vass alltså (*granskar knivseggen med blicken*). 300 eftersom det var du som sa det.

Ed – Nu får du ta och lyssna, jag har inte sagt att du skulle ta livet av någon, inte en fågel en gång. Jag begriper fan inte hur du tänker.

Billy – Du sa att du hatade den där rökande hästhandlaren vid macken, kommer du ihåg det nu, att du hade fått nog av att se honom där och att du ville att någon skulle döda honom. Att du kunde betala för att få det gjort.

Ed – Jag sa att någon kanske borde skjuta honom, det sa jag, jag sa inte att någon skulle göra det, i alla fall inte du och det är en jävla skillnad det, om det nu skulle kunna gå in i din tjocka skalle.

Billy – 300. Stämpling till mord heter det, det är den som sa det som åker dit på det, det vill säga du. Hit med stålarna nu så glömmer vi hela saken.

Ed – Vadå stämpling, var har du fått det ifrån? Går här och låter som nån jävla yrkesmördare.

Billy – Det stod så på en av löpsedlarna vid butiken när jag skulle handla mat. Det kommer du väl ihåg, att jag var och handlade, men det fanns inget jag ville äta, det var då en sak som var sann. Bara rutten frukt och skinka på burk.

Ed – jaha ja så istället dödar du någon utan anledning. Du är fan inte riktigt klok, det är då en sak som är säker.

Billy – Ja så var det nog, det gick ju inte att äta den där skiten.

Ed – Var är kroppen någonstans då?

Billy – Va?

Ed – Det finns väl en kropp, Gubben hade väl en kropp, har du röjt undan den?

Billy – Han ligger väl där vid macken och sprattlar, eller sprattlar gör han väl inte så mycket längre eftersom han är död,… fiskar sprattlar väl en del innan dom… jag kommer ihåg när morsan skulle steka en fisk en gång som var så färsk så den levde i pannan. Fan vad den sprattlade, vi höll på att skratta ihjäl oss när morsan nästan tappade hela skiten på golvet. Kommer du ihåg det, farsan blev så förbannad så han gick ut och högg ved hela eftermiddan. Du Ed, vad tror du om att åka upp till morsan på gården i

185

sommar, så kan vi fiska och gå i skogen som vi gjorde förr?

Ed – Vad gjorde du med liket, ligger han kvar där vid macken?

Billy – Det var fan vad du vill prata om det hela tiden, snackade vi inte om morsan...

Ed – Nu är du så där igen, byter hela tiden, kan inte svara på någonting. Billy! Vad gjorde du av honom, lämnade du honom där eller vad.

Billy – Jag slängde in honom i ett buskage, så nu ligger han där och sprattlar som en fisk, eller det gör han väl inte. (*tar fram ett skrynkligt cigarettpaket*) Har du nåt att tända med.

Ed – (*tar av Billy cigarettpaketet*) Var har du fått dom ifrån?

Billy – Jag tog dom av gubben, han behövde dom inte längre.

Ed – Du kan inte ta saker ifrån nån som har dött, det är ju för fan som att sno godis ifrån barn.

Billy – Han verkade inte bry sig så mycket om det.

Ed – Klart som fan om han var död, men det är en principsak fattar du väl.

Billy – Som mina 300, hur blir det med det egentligen.

Ed – (*pekar mot Billys rygg*) Titta där, vad ser du?

Billy – Ingenting.

Ed – Röven din jävla idiot, där kan du leta efter pengar. Av mig får du ingenting.

Billy – Och morsan, skulle vi åka dit?

Ed – (*sätter sig uppgivet ned*) Var kom du ifrån egentligen, varför har jag fått dras med dig? Ska det behöva vara så, svara på det du din imbecilla lilla skit. Varför ska jag vara den som alltid får ta hand om dina idiotier. Jag ska inte åka till morsan, fattar du det. Jag ska inte åka nån jävla stans med dig innan vi har löst allt som du har ställt till med.

Billy – Hur blir det med gubben.

Ed – Jag vet inte,… tog du nåt mer från honom?

Billy – Bara den här. (*Tar fram ett armbandsur*).

Ed – Vadå! En klocka. Snodde du gubbens klocka också, får jag se. (*tar klockan*) Det står ett namn här. Hur dum får man bli, det fattar ju ett barn att den klockan är stulen, och från ett lik som det till och med står namnet på. (*Lägger ifrån sig klockan på soffbordet*)

Billy – Han hade inget mer.

Ed – (*Uppgivet*) Det var ju bra det.

Billy – Jag tänkte att han kanske hade pengar eller nåt, men det var bara det där.

Telefonen ringer och Ed svarar.

Ed – Vad är det! Jag skulle ju ringa upp dig sen. Nä det är Billy, nu är han sådär igen, han är inte klok. Det är som vanligt ja, vad han har hittat på? Ja, han hittar på mycket saker han. Nä jag har inte glömt, jag ringer sen... förresten, skit i priset, sälj bara gården som vi sa. (*Lägger på luren och börjar fingra på Billys cigarettpaket, tar fram en cigarett och en tändsticksask*). Fan vad varmt det är.

Billy – Du röker inte.

Ed – (*Irriterat*) Nä det gör jag inte. (*tyst till sig själv*) Man kan väl ändra sig.

Billy – Morsan sa alltid att det var svårt att ändra på en dålig vana.

Ed – Tror fan det, så många dåliga vanor som hon hade. (*Knölar ihop cigarettpaketet och slänger det i soporna, muttrar för sig själv*) När ska den här värmen ge sig då.

Billy – Hur blir det med gubben då?

Ed – Vi får flytta honom när det blir mörkt.

Billy – Får jag något betalt för mordet då?

Ed – I helvete heller. Cigaretterna kan du väl plocka upp ur soporna om du vill ha nåt. Klockan får du lämna tillbaka när vi dumpar kroppen.

Billy – När blir det mörkt då? (*Går till fönstret och tittar ut genom persiennerna som Ed brukar göra*)

Ed – Snart.

Billy – Kan vi åka till morsan i sommar då som vi sa.

Ed – Jag vet inte, det får vi se.

Billy – Hur länge har vi bott här.

Ed – Två veckor ungefär.

Billy – (*Efter en stunds tystnad*) Tror du vi måste flytta igen?

Ed – Jag vet inte.

Billy – Jag tycker inte om att flytta, förra gången hade vi ingenstans att bo, vi ska väl inte sova i bilen.

Ed – Hur fan ska jag veta det, jag tänker på saken. Ge mig kniven.

Ed Tar kniven ifrån Billy, känner på knivbladet med tummen och torkar av blodet mot handen så att han blir blodig på fingrarna, ser på handen och slänger kniven i soporna samtidigt som han torkar av sig på tröjan.

Är du säker på att det var en man då, det var inte en hund eller en katt som förra gången.

Billy – Det kan det ha varit, jag är inte så säker längre.

Ed – Det var det jag trodde, nu glömmer vi den här saken ett tag så ser vi efter när det har mörknat som vi sa. (*Går fram till AC-n och knackar på den*).

Billy – Det var säkert bara en katt, eller hur, då behöver du inte oroa dig.

189

Ed – Om du säger det så.

Billy – (*efter en stunds tystnad*) Men visst är det lite konstigt. Jag menar... Jag kan väl inte ha tagit en klocka från en katt, eller kan jag det.

Ed – Vi glömmer det sa jag, sätt dig ner. Och så säger vi inget mer om det på ett tag.

Det knackar på dörren.

Ed – (*efter en stund*) Kom in. (*En annan man, deras granne på motellet, Stan, kliver in*). Ja?

Stan – Ni anar inte vad jag var med om där ute, eller har ni redan hört?

Ed – Nej.

Stan – Hur skulle ni ha hört vad som hänt förresten?

Ed – Vadå?

Stan – De har hittat en död man vid macken, knivstucken tror dom.

Ed – Det var som fan, mördad då eller?

Stan – Det verkar så. Vad säger du om det va? ska man inte ens kunna åka och tanka bilen i det här jävla landet utan att riskera att bli mördad. Det var otroligt vilken värme det är ute, ska ni med dit och se om man ser nåt.

Ed – Är det inte poliser överallt då.

Stan – (*Sätter sig i soffan och plockar förstrött upp klockan som han tittar på*) Inte än, jag kom precis därifrån, men det kommer nog snart att bli ett jäkla pådrag där borta, jag tror dom hittade han i buskarna precis vid toaletterna, klart någon skulle hitta på honom där, som det springs på toa i den här värmen. (*Lägger ifrån sig klockan och ser att Ed är blodig på handen*) Vad har du gjort? Du är alldeles blodig.

Ed – (*Ser på handen*) Oj, jag måste ha skurit mig när jag mekade med den där förbannade AC-n eller nåt.

Stan – Lägg om det där så det inte blir infekterat i den här hettan. Du vill väl inte ha flugor som kryper omkring i det.

Ed – Nej, det ska jag.

Stan – Kommer ni med då eller...

Ed – Vi får komma sen, jag måste nog få den här AC-n att funka, annars går det inte att sova här.

Stan – Vad är det för fel på den då.

Ed – Inte vet jag, men den sprutar bara in varm jävla luft i den här hettan, som att sova i en bastu.

Stan – Vill du att jag ska ta en titt på den. (*Torkar sig i pannan med en pappersnäsduk som han kastar i papperskorgen*).

Ed – Jag ordnar det nog på nåt sätt.

Stan – Ta och ge den en rejäl smäll bara, det brukar sätta fart på såna saker.

Ed – Det ska jag.

Stan – Kommer ni sen då, han ligger nog inte kvar så länge till, inte så ofta man får se ett riktigt lik.

Ed – Vi får se.

Stan – Ok. Men ta och se om det där såret du har, det behövs så lite nu i värmen.

Stan går ut och Ed går hastigt mot papperskorgen för att ta upp kniven då Stan kommer in igen.

Stan – ... Förresten, morsan undrade om inte Billy kunde hjälpa henne med några saker. Du kan väl komma in nån gång när du har tid. (*Stan går ut och slår igen dörren efter sig*).

Billy – (*Efter en stund*) Sitter vi i klistret nu?

Ed – Det kan man nog säga. Jag kan åka in igen om du inte har fattat det, eller är det vad du vill, va!

Billy – Vad ska vi göra nu då?

Ed – (*Efter en stund*) Det verkar som om vi får flytta igen.

Billy – Vart ska vi flytta då, tror du.

Ed – Inte vet jag, norrut kanske. Vi har inte varit så mycket norrut. Vad sägs om Canada?

Billy – Kan vi inte flytta hem till morsan.

Ed – Nej vi kan inte flytta hem till morsan, när ska det gå in i din tröga skalle? när ska du börja fatta att morsan inte finns längre? hon är död, borta. Hon kan inte laga till nån jävla mat med sprattlande fiskar eller vad du nu vill ha... Jag ska sälja huset.

Billy – Ska du sälja huset, vart ska vi då åka i sommar.

Ed – Du kan väl ta in på pensionat, ett pensionat för idioter. (*slår med handen på AC-n*) Starta då din jävel!

Billy – Jag vill inte sova i bilen, det vill jag inte. Jag skiter i om det är farsans gamla Buick, det luktar inte gott, gammal rök.

Ed – Tror du att du kan välja hela tiden, att man kan välja vad man vill eller inte vill. Kan jag välja va. Tror du inte att jag hade valt något helt annat då? Nåt helt annat än att sitta här med dig. Tror du inte det. Jag är så jävla trött på dig, kan du fatta det, bara tjatar och snackar och hittar på en massa skit hela tiden, man kunde ju för fan önska att det var du som låg där under nån buske och inte nån annan idiot. Vad tror du kommer att hända nu då. Om dom kommer och tar mig, slänger mig i fängelse så jag får sitta inne några år igen. Hur kommer du att klara dig då, va! Hur fan tänkte du!

Billy – kan vi inte äta nåt, jag är hungrig.

Ed – Vadå, rutten frukt! Hur fan kan du tänka på mat, tror du inte att jag har annat att tänka på.

Billy – Jag valde väl inte att döda indianjäveln, han kom fram och började käfta med mig.

Ed – Då hade du väl kunnat säga håll käften och gått därifrån, det gör ju andra hela tiden.

Billy – Jag sa ju det, men han kom fram och stirrade på mig med om där otäcka ögonen och käftade med mig. Hela tiden käftade han med mig och ville inte gå.

Ed – Men du gör inte som andra du, du ska dra fram knivar och hugga ner folk för att dom stirrar på dig.

Billy – Han slutade inte och käfta med mig sa jag, han sa att han skulle döda dig Ed, det var därför han stod där varenda dag, (*tar upp kniven ur papperskorgen*) med den här kniven. Han skulle knäppa dig för nån skuld du hade. Det skulle jag hälsa förresten, att du skulle komma dit och ge honom tillbaka sina pengar annars skulle han... Ja, fast det är ju ingen mening att gå till honom nu. (*Blir allt mer hysterisk*) Jag gick dit för att be honom dra så långt bort han kunde men han snackade bara på om sina pengar och sen kom han med den här kniven och då gick allt så fort och jag tog kniven av honom och det var över på en stund och sen kunde jag inte tänka klart och det var därför jag ville ha pengar av dig så jag kunde ge honom så att du slapp fast då var det förstås redan försent och nu kanske dom vill sy in dig och vi kan inte åka nånstans och inte till morsan heller men vi kan inte vara här längre så nu fattar jag ingenting jag kan inte tänka klart jag kan inte tänka klart alls jag kan inte...

Ed – Billy!

Billy – Kommer du att hamna i trubbel nu?

Ed – (*Ser på sina händer*) Det kan du ge dig fan på att jag kommer göra.

Billy – Men du har ju inte gjort nåt.

Ed – Ingen jävel kommer ju tro att det skulle vara du som går och mördar folk. Eller tycker du att det låter logiskt?

Billy – Hur blir det med det där jobbet nu då.

Ed – Det blir nog inget med det.

Billy – Men du skulle ju börja på bygget på fredag, sen skulle allt ordna sig sa du.

Ed – Ingenting kan ju ordna sig så länge du inte kan ge fan i att ge dig på alla du träffar. Fattar du inte det. Du är ju för fan sjuk i huvet på riktigt. Precis som i Alabama. Du fattar väl att jag måste dra nu… Men du får stanna här den här gången.

Billy – Jag kan inte stanna här, du kan inte lämna mig här.

Ed – Jag får be Will hämta upp dig eller nåt, så får du bo hos dom ett tag.

Ed tar upp telefonen som om han är på väg att ringa.

Billy – Jag vill inte bo hos dom Ed, jag vill vara med dig. Du får inte lämna mig här.

Ed – När ska du börja fatta, du kan inte följa med den här gången, hör du det du kan inte…

Billy – Du får inte lämna mig Ed, vi hör ihop du och jag. (*Går hotfullt emot Ed med kniven*) Du kan inte åka utan mig, det får du inte. (*Ed tvingas slå kniven ur handen på Billy med telefonen*) (*skriker*)Fattar du det.

Ed slår till Billy så att han snyftande faller ihop på golvet, sedan sätter han sig uppgivet ned en bit bort ifrån Billy.

Ed – (*Tar upp kniven från golvet, ser på den och lägger den ifrån sig på bordet.*) Förlåt Billy. Jag ville inte…

Billy – (*Efter en stund*) Vi kan åka vart du vill Ed, jag ska vara snäll nu, jag ska inte tjata nåt mer. Vi kan sova i Buicken fast det luktar som farsan. Vi sticker nu, nu på en gång, bara du inte lämnar mig här.

Ed – OK, Billy. Jag ska inte lämna dig. Kom hit och sätt dig, här bredvid. Billy sätt dig, kom och sätt dig så får vi prata ut Billy… (*Billy sätter sig ned och lutar sig blundande mot Ed så att han tröstande kan hålla om honom*) Jag ska inte lämna dig Billy, OK? Vi ska alltid vara tillsammans, eller hur?

Billy – Ja.

Ed – Vart vi än åker så är det du och jag…

Billy – Du och jag Ed.

Ed – Du och jag Billy, men nu sitter vi här tills vi har lugnat ner oss.

Billy – Och sen åker vi.

Ed – ja. Sen åker vi.

Billy – Du och jag?

Ed – Du och jag.

Billy – Vart ska vi åka? Ska vi åka norrut?

Ed – Det kan vi göra.

Billy – Då kan vi åka och hälsa på morsan.

Ed – Det blir bra det.

Billy – Då kan vi sova i skogen.

Ed – Ja visst.

Billy – Och fiska...

Ed – Fiska kan vi göra.

Billy – Och grilla nere vid stranden som vi gjorde förr....

Ed – klart vi kan Billy, klart vi kan....

Då Billy tycks ha kommit till ro tar Ed ett fast grepp om hans hals med sin arm. Billy stelnar till som om han försöker värja sig, han sparkar och gör motstånd en stund, men lugnar sedan ner sig och faller slappt ner i Eds famn. Ed reser sig efter en stund, tar kniven från bordet och lägger den i Billys hand, hämtar en väska som han haft packad och ställer den vid dörren. Innan han går drar han ömsint en kam genom Billys hår som för att kamma till frisyren. Han lägger några sedlar på bordet, och går sedan mot dörren. Vid dörren upptäcker han en pusselbit som han plockar upp. Han vänder sig om och ser en sista stund på Billy som ligger på golvet, sedan på pusselbiten han har i handen innan han slutligen går fram till AC-n och sparkar till den med sådan kraft att mynten i den ramlar ner och den hoppar igång. Till sist tar han väskan som står packad bredvid utgången, går ut genom dörren och stänger den tyst bakom sig.

Del 5.

Epilogen.

Roller.

Tom

Ed

Stan

Stan står ute som för att få lite frisk luft i den varma kvällen. Han har en påse med öl och en CD-skiva som han rotar lite i, är relativt lätt klädd och granskar himlen som om han sökte efter tecken på en storm. Han tänder förstrött en cigarett. Tom kommer gående och ställer sig bredvid och ser upp på himlen som om han försökte se vad det är Stan tittar efter.

Tom – Det var en varm höst det här... sanslöst..

Stan – Ja, (*Pekar mot himlen*) det låter som om det ska bli oväder.

Tom – Jo.

Stan – Otroligt egentligen, först värmebölja, sen storm. Äh! Jag tror det när jag ser det.

Tom – Vadå?

Stan – Om det blir storm... Hörde förresten att dom ska lägga ner bilfabriken.

Tom – Ja det är inte klokt.

Stan – Nä, vad ska folk göra nu då.

Tom – Inte kommer dom åka förbi här och köpa bil och ta in på hotell, det är då ett som är säkert.

Stan – Nä, ni får det inte lätt här nu.

Tom – Det är dom där kineserna vet du, köper upp allting.

Stan – Kanske det, Du får sätta upp en stor skylt.

Tom – Vadå? för nåt jäkla lekland.

Stan – Kanske kan sälja hamburgare.

Tom – Det vette fan.

Stan – Eller kinamat.

Tom – (*Skrattar till*) Ja, det vore nåt det. Kinesmat till kineserna... eller indianer.

Stan – Hörde du förresten om det som hände uppe vid macken.

Tom – Nä.

Stan – Det var ju en gubbe som blev knivskuren vid macken i kväll.

Tom – Det var som fan, nu ikväll?

Stan – Ja visst.

Tom – Dog han?

Stan – Det tror jag inte, jag var dit och tittade, men man såg ingenting, fast det var blod på hela golvet, dom skulle köra iväg honom i ambulans, sen fick man inte vara där nå mer. Dom körde iväg alla som var där, kanske skulle städa upp eller nåt.

Ed kommer in på scenen med en väska i ena handen och går förbi de båda männen.

Tom – (*Till Ed*) Är du på väg nånstans?

Ed – Nä, ska åka iväg med lite grejer bara.

Stan – Hur är det med handen?

Ed – (*Tittar på handen och stoppar den i fickan*) Ingen fara tror jag.

Tom – Hörde du att det var nån som nästan blev mördad borta vid macken.

Ed – Nej, det visste jag inte…

Tom – Det var som fan, rena vilda västern. Det kanske var den där indiantypen som har stått där, kunde man nästan ge sig fan på att han skulle ge sig på nån.

Ed – Dog han... han som blev...

Stan – Det vet jag inte, tror inte det...

Ed tar fram en pusselbit han haft i fickan.

Ed – Du, jag hittade den här, jag vet inte var den kom ifrån, kanske hör till någon.

Ed ger pusselbiten till Tom som ser på den en stund innan han stoppar den i fickan.

Stan – Vadå! En jävla pusselbit?

Tom – Tack. Jag kommer in och fixar den där AC-n imorgon, det verkar vara nåt större fel.

Ed – Det blir bra det.

Stan – Ta det lugnt där ute nu, när det verkar vara nån dåre till mördare som går lös.

Ed – Det ska jag. (*Går iväg*)

Tom – Man får ju hoppas att dom får tag på den där knivmördaren bara.

Stan – Det är bäst det, så här kan vi ju inte ha det... Ska du ha en?

Stan tar fram två öl ur påsen och ger den ena till Tom.

Tom – Tack, vet fan inte när det skulle passa bättre än nu.

Stan – Jag hittade en påse, det vore ju synd om dom inte kom till användning.

Tom – Ja, just det. (*Efter en stund*) Du, vad är det dom ska börja bygga där borta?

Stan – Vet inte riktigt, nåt sjukhus tror jag.

Tom – Det passar ju bra det, när allt annat flyttar härifrån.

Stan – Ja, man fattar inte hur dom tänker.

Tom – Det kanske är tur det.

Stan – Fast det hade ju varit bra att ha om det skulle bli nån sån där Katrinastorm igen.

Tom – Ja, det kanske det blir.

Stan – Kanske det. Vi får väl se.

Tom – Vore det inte bäst att göra i ordning lite här då?

Stan – Ja kanske det, fast det kan du väl göra imorgon.

Tom – Får se om jag hinner, det var ju det här med Ac-n.

Stan – Säg till om du behöver hjälp med nåt bara. Jag borde väl dra mig tillbaka, får se om det går att sova något i natt.

Tom – Lägg dig på en handduk, det brukar jag göra, då blir det inte så jävla svettigt.

Stan – Kanske det, vi ses i morgon då.

Tom – Det gör vi nog. (*Stan fimpar cigaretten med foten och går iväg.*) Hälsa Rose..

203

Stan – Lilly.

Tom – Ja, hälsa morsan.

Tom står ensam kvar, han tar upp pusselbiten ur fickan och ser på den, stoppar sedan ner den i fickan igen och går tillbaka hem.

Indianens Sång.

III.

From an endless river to a lonely stream

For the lilies and the willow tree

No battle´s won for short or tall

No one will ever hear the scream.

So very much is still the same

So very little ever change.

As silent as the stream floats high

So heart aching the silent wind will cry

For the death of an Indian.